仅 此 青 绿

张晓云 著

by Zhang Xiaoyun

南方出版社

－海口－

图书在版编目（CIP）数据

仅此青绿 / 张晓云著 . — 海口 : 南方出版社，
2023.11
ISBN 978-7-5501-8643-9

Ⅰ . ①仅… Ⅱ . ①张… Ⅲ . ①诗集－中国－当代
Ⅳ . ① I227

中国国家版本馆 CIP 数据核字 (2023) 第 196135 号

仅 此 青 绿

Jin Ci Qing Lü

张晓云 著

责任编辑：李雯　　　　　　　内文排版：洪光越
封面设计：吉建芳　　　　　　内文插图：毛毛
封面题字：冷夏　　　　　　　责任印制：马泽平

出　　版：南方出版社　　　　发　　行：南方出版社
地　　址：海南省海口市和平大道 70 号　　邮　　编：570208
电　　话：(0898) 66160822　　传　　真：(0898) 66160830
印　　刷：玖龙（天津）印刷有限公司

开　　本：210mm×145mm　　1/32　　印　　张：7.25
版　　次：2023 年 11 月第 1 版　　印　　次：2023 年 11 月第 1 次印刷
字　　数：200 千字　　印刷册数：1 － 1500 册

定价：48.00 元

薄云天，黄叶地，悲欣散尽意还存。存多少？

唯愿有三分之一留给我的爱人 —— 黄赟。

目 录

小 唱

凝眸

共　饮

接 近

挺身站在海岛云天下

——读张晓云诗集《仅此青绿》

　　在中学时代，张晓云因写诗作文成绩突出而引人注目。二十多年来，她在文学艺术对内心的潜在影响之下，一直坚持诗歌创作，作品虽不多，却已成长为海南70后女诗人中颇具代表性的一位。她的身上，体现了这样的事理：一个人的才气，有着奇特的推动力，能使人不知不觉地朝着心之所向的地方走去，明知费了心，耗了力，却宁愿独自消化，也不想四处诉苦说累。

　　诗是关乎心灵的文学表现形式。不论古今，东西方好诗都是诗人贴着时代生活、贴着个体心灵创作出来的——遵循这样的具有恒久性的诗学认识，张晓云安静又踏实地抒写她在俗世风雨中的所见所闻、所思所想。诗集《仅此青绿》，是她沉潜多年收获的作品精选，记录了她的生活经历和感受，起伏着她的思想山岳，也流淌着她的情感江河，是她进入人生中年之时送给自己的一份珍贵礼物。

　　为了更好地观察张晓云的创作，这里，首先从她的诗歌语言入手，大致了解她的话语特点及其表现力。在诗作《秋日》里，她抒写了自己的乡村生活体验，景象描绘得清新又灵动，看得见画面，听得清声音，让人蓦然产生身临其境的感觉，"风中，鸡鸣鸟叫／采果的黎家姑娘长裙带露一闪而过"；《三角梅园》也是一首有感而发之作，在诗中，她记录了那一瞬间的恍然感触，语言质朴，气息顺畅，语感良好，

"而是那开满三角梅的院落／隔着栅栏外雀跃时分的我／与曾在鼓浪屿中华路上流连忘返的我／有着惊人的相似"；还有，她在《母亲》里把人物形象与神态描写得非常清晰，又有触动人心的情意，"她驼在村头榕树下／好像麻木了／可她拿着我给的两块糕／眼睛发亮"。从以上三首短诗的节选部分来看，作为一个诗人，张晓云有捕捉抽象感觉的敏锐，有明朗地表情达意的语言能力——这样的能力，放在当下足够大的汉语诗人群体中，也是能看到她的优秀之处的。她的诗歌语言，总体上是平实自然且有亲近感的，不可忽视的是，有些地方出于个性追求显得较为刻意，对诗作的整体表达效果造成一定的影响。下面，再举三例，多一些认识她的诗。其一，是《我的兰陵王》里的几句，"一声巨响，众生鸣／我沉寂河底／／我戏耍河流平缓的一生"；其二与其三如下，"海，有一海大气的词汇／一睁眼就能挥霍它一抹海蓝／一转身就触及你心底的微澜"（《海与阿云姑娘》）；"横三笔是浪漫／竖三笔是忧伤／而隐藏在雷声中的那朵云／那么白，那么经不住白／还没读过《人生》一书的经典语录／就被剥夺了白，半生流浪"（《三亚姐姐的三角梅向阳》）。从一整本诗集中挑出很有限的几首诗来做例子进而评价诗人的语言风格和质量，显然是难以站得住脚的，不过，张晓云的语言并非多样、多变到不容易梳理和把握的程度。因此，关于她的语言，这里就不赘述了。下面，是从她的诗与人的关系加以细读，试图了解、理解她的创作和人生。

在这部诗集里，很少听到张晓云的幽怨、愤恨或其他带有负面情绪的声音，好像她不曾遭受病痛、背叛、歧视、不公、失业、饥饿、寒冷、黑暗，也不曾经历生离死别。然而，了解她的人，可能知道她的生活压力很大，不如意的地方也不少。例如，她曾遇到工作和婚姻的挫折，感受到爱人患病住院不得不承担巨额开销的压力，体验到爱人早逝的万般悲苦，有必要，也应当向世界发出个体的不平之声，可她极少在作品里提及那些沉重的部分。其原因，也许在于她生来心性淡然，在于她看惯了尘世的煎熬，理解了人生的本质就是受苦，没必要像祥林嫂那样逢人便说自己的孩子被狼叼走的不幸遭遇。这样看来，她很像海南岛上的那些个头并不高大的椰子树或木麻黄树——样子寻常，性格坚韧，狂风暴雨过后，只要不被连根拔起，就会一次又一次地抖落身上的雨水，挺着腰身，出现在海岛云天下。她把一些时间放在读诗、写诗上，几乎跟她的同龄人在工作之余出去逛街、购物、喝茶一样，都是个人兴趣与自由之所在，所不同的是，一个注重精神需求，一个倾向于物质满足。这样，坚持得越长久，就越趋于两极化。于是，前者可能会感到"我谁与归"的孤独，后者则体会到天天思考吃什么玩什么也甚是无聊。正因为如此，我们听到张晓云通过诗歌发出的声音，除了身在俗世不可回避的无助和孤独，更多的是关于人生的体验、感觉和理性思考。毕竟，她写作的目的，是为了不断地丰富自己的人生，帮助自己成长再成长，而不是作为宣泄的方式或出口。请听，她以石磨比照人生，写下了对现实困境的认识，意识到了人生的宿命性，"就是给你飞也飞不了／只好站在原地转圈圈／眼泪稀啦啦地流"（《石磨》）；她在短诗《守寡的袍》里体现的，是她直视和承认现实生活，没有闪躲或逃避，"一袭守寡的袍／爬满了虱子"；从她在《向红酒瓶软木塞子致敬》里可见，她乐于肯定美好事物，不隐藏对幸福生活的渴望，"能有这一刻多美啊／在红酒一点点饮尽时／在剩下的光阴／在微醉的节奏踏起时"。以上三个例子，都能体现张晓云的诗意与人心的对应，能反映一个女子所具有的健康思想和积极心态。此外，从她的《泡》里，我们还能看出诗人从日常泡浴体验中得到启迪，明白如何更好地处理现实中的各种问题，使自己活得更理智一些、更满意一些，"把羞于说出苦难的双足浸入／……／荒废的时光啊，以出汗的方式／细细密密地，渗出／在后颈，在前胸，在额上／／……／把肋骨一根根拆洗／又一根根原封不动地装上／除了，把身体安在一朵孤清的花上"；在《画夜色》里，同样可以看到她面对生活所表现出来的积极用心，以及不怕风吹雨打的从容自得，"我还慢悠悠地唱：／掬水月在手，弄花香满衣"。当然，张晓云还有很多诗作能证明这个女子——在肩负这个时代背景下的生存重压的同时，保持着清醒意识和上进之心。她的精神世界，可以拿罗曼·罗兰在《米开朗基罗传》中的名言来观照："生活中只有一种英雄主义，那就是在认清生活真相之后依然热爱生活。"由此，可以肯定地说，我们读到的这些诗篇，是由一个比较有智慧的女子所写的，诗中有她切实的心跳和呼吸，有她真实的想望和追求，以及与现实世界之间剪不断，理还乱的关系。从诗中传到我们的耳朵和内心的，是她很清晰的声音、很有个性特点的声音。她的声音中，有很强的主观意识。例如，她在国家大剧院欣赏交响乐，身心受到前所未有的激荡，虽难以描述交响乐本身及其当时的体验，却还是发挥想象力记录了那一场前所未有的感知："我只管抓紧波浪与麦浪／／我只管品尝着夹层饼糖／咬合的瞬间，不必分／谁是谁的饼，谁是谁的糖／浪涌翻卷，台下台上／一片金黄又一片汪洋"（《在京城，聆听一场伦敦交响乐》）。句子中的"我只管抓紧"，所传递的是诗中的主体人物"我"的很明确的意念。在另外的一首诗中，诗人把诗意的主体人物"她"隐藏在语言的背后，让第三者来呼吁，使读者看到"她"面对婚姻的打击，并不沉沦，渴求生活带来新生的转机，这体现了"她"对人世仍抱有希望，对俗世生活还心存热情："神啊，时辰到了 / 请起轿——/ 把她将暮未暮的光景 / 把她风韵犹存的心 / 再华丽地嫁出去吧"（《守寡的袍》）。由此，可以推知：在把握人生关键节点的时候，张晓云的思想意识足够清醒，她的取舍毫不含糊。

　　一个人对俗世生活的热情与期待，体现在对诸如衣、食、住、行之类的物质需要上，也体现在对精神世界的向往上。有着诗人身份的张晓云，同样是芸芸众生之一员，跟所有人一样需要情感慰藉，以减轻孤独感，以填补生活中不如意的沟壑。当然，更需要精神上的能量支撑。所以，透过诗人写下的句子，我们能听到她对自己的叮嘱——这叮嘱里，有细致入微的提醒，有满满的关爱与珍惜，"亲爱的小妇人 / 她一定是备好了小蛮腰 / 还有一条铺长裙裾的落叶小道"（《妇人辞》）；与此相近或相同的是，我们看到她在《时光的赠品》里对自己的安慰和鼓励，"在日落之后 / 赐你余暇 / 请你跟随孤独歌到灯下窗前 / 勇敢地哭吧 / 或者轻轻地低吟"；在《试探》里，我们还读到她毫不掩饰的心声直露，简直可以说是"勇气侧漏"，"这是艰苦卓绝的试探 / 我佯装醉酒哭得一塌糊涂 / 想我的男人和我想的男人 / 我希望他们争风吃醋彼此灌醉 / 最好泄露的酒话，让我坐收渔利"……张晓云在很多诗作中写下诸如前文提到的"我只管抓紧"之类的句子，几乎是向生活发出的直接、干脆的宣言，内容明确，音调明快，令人过耳难忘——通过一次清晨经历，她很率真地表达了自己的所思所想，"他吹什么，哦，《春天》/ 我听着哨声展唇微笑 /……/ 用力地甩了甩头的男人 / 吹着口哨远去的男人 / 相当于我一日之计的清晨里 / 必须有一个时刻的默默加油"（《一个吹着口哨的男人走在我后头》）。诗中这个词："必须"，传达出来的是坚决，是笃定，是绝对化，是毫无商量余地，读来让人感到吃惊，以至情不自禁地发问：这是什么样的女子啊，活得如此清醒，如此坚定！在另一首诗中，她也是相当清楚地意识到"一天中一定有这样的一刻"，并且明确自己的现实处境和精神需求，可见她活得相当清醒，相当自觉："我站在此刻，站在／刀尖，养云／这朵云只愿意穿白裙子／……／不管怎样，出售吧／一两云，一两两的云／只愿意穿白裙子的这朵云／看光阴，一点点地原路返回"。此外，我们还注意到她的许多心思表达得真实又坦然、明确又坚定："绝对是这样的／在我进入那片绿野之前／白裙蓝衫已经穿上／我已闭上眼睛，嗅／／不只是狗尾巴草／连虎耳草、野枸杞、婆婆丁／这些不知名的草都被我嗅出来了"（《嗅我青梅》）。

从以上提到的诸如"绝对是""我只管抓紧""她一定是""勇敢地""必须有"，以及在她的诗作《雨滴》里出现的"不必对话""我确信"这类无比"硬气"的表述里，能发现诗歌里的张晓云活得敞开又透亮，她需要什么、渴求什么，不需要婉转表露，更不需要深藏隐忍。形成她这样的人生理念，其因素自然是多方面的。如果从现当代中国诗歌对诗人的精神觉醒的角度来观察，有必要把发现的焦点集中到朦胧诗代表诗人舒婷那里。由于时代生活的局限，以及一些传统思想观念的禁锢，张晓云的母亲和祖母那两代人几乎不可能为她们的后辈提供突破性的教导。这样，张晓云和她的同代人只能在国家改革开放、解放思想的大时代中，从不断接触的音乐、电影、文学、艺术等思想文化载体里吸收个人成长所需的营养，逐渐形成自己的世界观，并培养自己的性格爱好、精神气质和心灵追求。张晓云读中学的那些年，正是舒婷的爱情诗风靡全国的时候。她的爱情观、人生观，或许是在舒婷的《致橡树》《神女峰》《惠安女子》等诗篇的召唤中醒来的。比较明显的一点是，她的诗中的很多话语口吻，与舒婷《致橡树》的诗句如出一辙："我如果爱你——/绝不像攀援的凌霄花，/……//不，这些都还不够！/我必须是你近旁的一株木棉，/作为树的形象和你站在一起"；也跟舒婷《神女峰》里的经典诗句"与其在悬崖上展览千年/不如在爱人肩头痛哭一晚"的语言特质——果断、干脆、痛快——多有吻合之处。

诗歌是文学的表现形式之一，诗人的表达，不管是虚是实，总会集中在一个核心点上，否则，无论篇幅多么短小，都会陷于不知所云的尴尬。那么，只要不是作者诚诚恳恳地亲口把诗歌的内涵和外延说出来，我们读者对诗篇的理解都是单方面的"推测"和"猜想"而已。因此，在对张晓云诗作的解读上，我们也只能是一千个哈姆雷特之一，甚至万分之一，没有必要把认识和判断表述得过于确定。所以，尽管自20世纪80年代以来，舒婷诗篇对一代代读者产生深广的影响是毋庸置疑的，我们也不能把张晓云的精神启蒙或思想引导一对一地归结到某个具体对象上，毕竟，影响一个人的成长的客观因素，绝非单纯得可以用一两句话来概括。

通过对诗集《仅此青绿》绝大部分诗作的深入研读，可知作为诗人的张晓云，有比较突出的诗歌语言才华，她的写作，既直面人生，也正视心灵，本真又纯粹。在此基础上，当她开阔视野，深化对社会人生的认识，以及对时代、对世界的思考，那么，她将会抵达新的诗艺创作之境。

符力（中国作协会员，《诗刊》社中国诗歌网编辑）

他们说

在鲁院第33届高研班诗诵会上，魏建军同学读张晓云同学的一首《短》：为什么你这么短？因为我的歌很短。为什么你这么短还唱？因为我唱出来不短。这首晓云随性而写的短诗引来大家的窃笑，也让大家记住了很海南的晓云。如今晓云又把海南纯朴实在的青绿元素写进诗中，这就让大家更喜欢海南了。

—— 邱华栋（第十四届全国政协委员，中国作协书记处书记）

晓云在鲁迅文学院研读时，我曾读到她的组诗《眉头的雨心头的风》，其笔触细腻纯然，写出了微妙的女性心理，从中能看出良好的诗歌天赋。近年她的新作更添了丰富的意味，不仅携带着海南的潮润和呼吸，而且有了经历生活磨砺之后的夏凉冬荒与相伴天涯的生命气度，以及具有拥抱青山千军、绿水万马的流韵和辽阔。读她的诗有时是近水深流，一曲成音，有时则面朝大海，意犹未尽。总体感觉《仅此青绿》是一位女性诗人的真情之作，也是试图抵达心灵深处的曼舞和雨雾。

—— 叶梅（中国散文学会会长）

人的命脉在田，田的命脉在水，水的命脉在山，山的命脉在土，土的命脉在林草，这个生命共同体是人类生存发展的物质基础。海南的绿水青山蕴含着无穷的价值，将随着我国生态文明建设的不断加强而持续释放。

晓云的一些诗作试图留白、留绿、留璞，朴实地为海南生态物种小唱，真情地对自然故土给予干净的凝眸，热烈地与心灵的花草树木共饮春风，浪漫地接近人间这款空濛之境。这是一个青绿的开始，值得鼓励。

——梅国云（海南省作协主席，《天涯》杂志社社长）

张晓云诗歌的率真是我喜欢的，也是它的成功所在。在她的认知里，写作不是大众的，只是一个打开心扉的个人行为，随着这个行为的连续性，就发生了某种技艺境界的产生。她的诗很日常，日常的生活经验、日常的思索，当它们集中呈现在文本中，便显现出她独特的思想。她截取的视角并不神秘，却足够让我们放下书本的时刻，露出会心的一笑。

——艾子（海南省作协副主席）

《幸福的味道》是张晓云写得最从容的作品，诗人认为幸福是可以期待的，然而苦恼却总是与之比邻。平时的"我"尽情享受幸福时刻，快乐得手舞足蹈，就连说话的声音也微微打颤，但有时候，自己又烦恼丛生，在回味幸福的味道的同时被迫思考苦恼的根源。

《郊游》是我最喜欢的一首，因为它的空灵深深感动了我。"我""像是漫无目的却又是有目的／奔跑在漫山遍野徜徉在夕阳画的漫画里"。爱"我"的人，涉过潋潋秋水步上对岸，为"我""采一丛不知名的似芦苇花一样的白","我"和"我爱"相互依偎,看清水游鱼,体味人生难得的宁谧。诗人最后令人神迷地写道:"我爱,我们是一对孤芳自赏的翅膀／我们的飞翔没有明确的地址。"自由飞翔,没有终点,有的是双双对对的和谐振翮,有的是忘情的投入。也许是诗人心生妒忌,她竟然在该诗的最后一节有意无意地埋下忧郁的一笔:"荒凉的郊野,我们也不敢停留／更别说在暮色里烧一堆篝火任天地合唱／不只是心存顾虑不只是缺少激情／还有夕阳画的那幅漫画／黑夜漫过后就是渐行渐远的情殇。"

《悲壮的夏天》是一首比较晦涩的诗,但是,正是由于它的晦涩,才使人企图有所探求。第一节乍一开始就欲言又止:"这个夏天来得太突然,再加上／一个不合时宜的眼泪养着一个多情／木棉花还未开完尾声／红毛丹就红透了序言。"读到这里,直觉告诉读者,这个"悲壮"的夏天肯定与情感纠葛有关。生活在诗中的人,穿着"代表成人儿童化的休闲服",孤独地在长廊的尽头张望,这时,"我看见一个男人留着长发牵着一条狗,走过一排排覆以夏日树荫的彩砖道"。上述一系列意象都好像很凌乱,有点令读者茫然。但是请别着急,让我们一块来回味最后一节:"他是诗人吗／反正焚烧了夏天这本怪异而逼人的诗集／他是导火线。"哦,原来这个荒诞不经的"他"才是颠覆正常生活秩序的始作俑者。是他自鸣得意地牵着他的狗四处晃荡,是他发现她的惊人之美后任凭她走向精神绝境,是他忍心让她独自站在长廊尽头苦苦张望,是他无视她的存在移情别恋于雨中的红颜,是薄情的他让她流下太多的泪水……短小的结构,演绎经典的意境,这就是海南文坛上注定难以沉寂的张晓云。

——李林青（中国作协会员,海南省作协副秘书长）

张晓云写诗，尤其是写女人的诗歌，细腻，灵动，带有穿透的特质。从诗句中流露出来的，都是她的纤纤情结。

—— 方世国（中国作协会员）

诗人张晓云近作十五首，是在三个维度展开的，一是她用女性视角观察日常世象内部真相的追问，二是对现代女性自我内心存在焦虑的诗述，三是对新古典主义的现代诗的美学再改造。由于，她在三个维度不断地深度开拓和立体诗雕塑，用她细腻、深刻、独有的体验与描述，加之，她清新和先锋气息的诗语言，业已构成她的有辨识度的诗句，形成她独特诗的个性特征。

从日常中提炼诗意。正如她在自己的诗里写到的："在所有的日常之下／一些日常教我辨认入夏的跫音"《一天中一定有这样的一刻》。是的，她的诗大多取材于日常生活，她写足浴的《泡》、写夜色的《画夜色》、写女性的日常生活的《妇人辞》、写忘情山水的《尖峰岭是敬亭山呀》以及《一个吹着口哨的男人走在我后头》等，这些均是生活中发生的普通事情和情感所在，这样的诗写不好就流入口水，变成流水账，张晓云却从中提炼出诗意的黄金，她把这些生活的璞石放在诗的磨石上，精心打磨出珠光晶莹的宝玉来，她取生活之具象写出灵魂中的心象。你看她写的《我养过的女子》中出现了"痴妞、良妇、妖姬、修女"四个女性不同的成长阶段，淋漓尽致地演绎和诗性表达出不同阶段的女性情感发展的轨迹。在《试探》一诗里，她写下了"我"对"想我的男人"和"我想的男人"两种情感态度的别样表达，写出了现代新女性新的情爱观。这些取法生活、提炼情愫的作品，做到有诗意、有重量地表现。故此，她的诗文本质地雅正，有别于一般女性的平庸之作。

再从技术层面分析张晓云的诗歌，我们可发现她的诗有两个明显的特色，首先是她对诗语言的异质化的改造，她的诗不少属新古典主义现代诗体，她喜欢在传统的文化里找道具，并赋予它新的当下现代的感受，让古老具象重新复活。《梅信》中，她写道"信媒／信任／后来如信"，这里的"信媒"和"后来如信"是一种对既有名词进行的改造，《嗅我青梅》中她写"我不会记夏老冬荒"，这里的夏老冬荒，该是成语"天老地荒"的改造。尤其是《北国冬日》"旁若无人地刨土种鱼""一群喜鹊情窦还未鸣开"这些吊诡与有悖常理的诗句，经她一改造，让我们读出新意、读出别样的意韵和多向复指，表现了诗人的机智、诙谐以及独具匠心的新创意，她用新改造的语词为我们打造一个新的空间，让我们坠入她设计的诗歌"语词陷阱"和"意义多元的陷阱"，让我们在阅读时有一种跳蹦极的感觉，是失重之后，我们会尝试新的一种快意极限的感觉。其次是视角的多次位移、多角度的叙述，使她的诗有着复合之美。比如《试探》有三个视角，即我，想我的男人，我想的男人。虽然是"我"在叙述，但是让我们读到三个角色的爱情际遇。此外还有《我养过的女子》这首诗痴妞、良妇、妖姬、修女四个角色分别出现，使我们看到的是不同时期女性的心理蜕变，从无知、激情到成熟最后归于沉静的过程。所以她的诗让我们读来又有一种看话剧和读小说的感觉。

应该说：她的诗不单薄、不单调，有嚼味、有回甘。相信随着她思考与阅历的慢慢加深，一切再好不过。

——李云 (安徽省作协副主席，诗人，编剧)

我与诗人晓云只有一面之缘，她温婉的气质与我想象中特立独行的女诗人有所不同，更多一些日常的温暖和真实。阅读她的诗之后，感觉现实的诗人面相与她的诗歌味道更加贴合。她的诗歌里填满了她丰盈的内心世界，诗中既有着细腻的女性意识，同时又借助日常的生活体验，折射出深刻的人生哲理思考。日常叙事是其诗歌主要的书写表现方式，她以诗歌记录着生活中勾起神经悸动的人与事。同时现代诗歌的重叠与复调吟唱也是其抒发强烈情绪高潮的手段，在她的每一首诗歌结尾，每每可感受到她情绪的余音缠绕感。晓云的诗歌创作看似没有章法可循，脱离了技术层面的焦虑，她对诗歌意象的把握也是随手拈来，完全没有现代诗歌创作的套路，却在这种自由的诗意捕捉中还原了现实生活或自然本身的诗意。

她抬头望月、看云、看日落，而在这自然世界中又能照见自己，她看到自己变成高空中最圆最大的空（《怀抱向空》）。她睁眼看周围世界的生存荒诞，看到"一名没心没肺的猫／旁若无人地刨土种鱼（《北国冬日》）。而诗歌更重要地成为了她"一个女人的史诗"，她有着女性诗人敏感而震颤的精神微波，她像少女一样想象得到一场"酒后吐真言"的"争风吃醋"（《试探》），她已然成为一位饱经风霜的女人，抚平岁月中每个阶段的自己（《我养过的女子》），而她在唱着《妇人辞》的时刻更像是回到了当下的自己。读罢晓云的诗，像是与一位知性女性进行一场漫长的秉烛夜谈，初次见面时那张清晰的脸越来越模糊，反而被她澄澈的内心独白所打动，这大约就是走近诗人的最好方式吧。

——曹转莹（海南师范大学文学院副教授）

《眉头的雨心头的风》写得风生水起，浑然天成，干练洁净，堪称天籁。我以为，此诗最能打动读者的是营造诗意时的遣词造句，表情达意时的艺术功力。读这首诗你不必读完就能感觉到诗意盎然，因为几乎每个诗句都充满着诗情画意，富有艺术张力。

诗的第一行就不同凡响，"美好的是那记忆的翠微"，以一个猝然的肯定开篇，省去了相关的解说，造成悬念，产生跌宕之感，这是现代诗中的"突兀"法。相似的例子如徐志摩的诗《沙扬娜拉》的开头一句"最是那一低头的温柔"。"翠微"一词在古诗里是山的代名词，如毛泽东《答友人》"九嶷山上白云飞，帝子乘风下翠微"。在此诗中"翠微"指兰花，属春兰名品，借指记忆中美好的东西，用语典雅而美媚。"是深绿地横过那夜的销魂／还是淡绿地斜过那午后的感伤"，运用通感手法使抽象的情感具有了色彩与动感。句子间采用对比法，"你的笑容我的哭歌""等待中忘记了等待"的诗句都很华美而空灵。

"甘愿泅在彼此的一滴水里／做了痴情的水鸟"，涵盖丰润而深沉。我们可以体会得到彼此深爱的人儿，眼里常含着泪水。"泅"字用得精妙，有依恋难舍之意。"还有我们的窝／依然在梦里睡得芬芳"，不说睡得香，而说睡得芬芳，词语的反常搭配起到了新奇、陌生化的艺术效果。

最后一节开头点化了李清照的诗句，照应诗题。"你眉头的雨／我心头的风"，其实是你我心中的思念，"一篮孤寂一束艳情"写思念的寂寞与浓艳。"一束艳情"又是词语的反常搭配，"艳情"前用修饰"花"的量词"一束"搭配，曲喻爱情之花。之后，又采用了现代诗"粘连"手法，引出"终于开得不为人知／却又醉得不省人事／不知岁月"。粘连法是现代诗中惯用的艺术手法，用表面上的"张冠李戴"去达到实质上的"移花接木",获取艺术上的巧妙新奇感和联想空间。如"把短短的直巷／走成一条／曲折／回荡的／万里愁肠"（非马）。诗中最后用了三个重复否定句，虽然是平常口语，由于巧妙搭配而显得亲和共识，别开生面，酣畅淋漓。

《时光的赠品》其实是生命赠言，是对生命历程的关照和体悟。新诗中反映时光、岁月、生命、人生的作品不少，但像此诗采用借喻的手法，将一生的漫长时光浓缩在一天当中，用"晨曦""日落"两个喻体，分置人生之旅的两端，然后加以审视和回顾，真可谓别有一番滋味在心头。此诗乃过来人话，非经历过，道不出来。此诗构思自然而脱俗，富于哲思，用语智睿而空灵，白描写意的抒情，如一缕轻烟薄雾，感人至深。

《当时无人在场》是一曲生命乐章的四重奏，诗歌命题四次反复吟咏，揭示的是天地人生的神秘法则。张晓云一直以为，人类很多事情都是当时无人在场的，都是自然而然出来的，不要去怪谁，也别怪造物主，一切都顺其自然。

这是一首颇具匠心的哲理诗。晓云的哲理诗很少用直接的思辨来表现，多采用象征的表现手法，通过意象化的途径，把哲理寓于形象或情境之中，使个别的具象提升到普遍的无限的精神领域，产生跨越作品自身具体性而指向形而上的境界。如《当时无人在场》这首诗，表面上看似是一首写太阳和月亮恋爱的爱情诗，实质上是一首哲理诗，是一种宇宙精神的形象呈现。造物行事，阴（月亮）阳（太阳）际遇，衍生万物，不以人的意志为转移，许多事物的出现都是在"当时无人在场"的情况下完成的："当时无人在场／太阳惹祸，月亮就怀孕／相爱就是这样不需要众人出场。"

以事寄理，据理赋形，我们不得不佩服张晓云编造叙述故事的本领。她非常高明地为我们虚拟了一个太阳和月亮相爱的童话故事，并巧妙地把安徒生《海的女儿》的爱情童话也融入其中。虽然这首诗的主旨并非童话本身，而是寄予童话背后的意旨，但因其蕙质兰心的想象和机智生动的言述，而显山露水，诗意盎然。

从这一乐章的结构看，前两节当是主旋律部分，而第三节则是和弦部分，对乐章的主题起烘托和深化的作用，对人性的怪异多变给予多层面的披露。这首诗的哲思一唱三叹，玄之又玄，余味无穷。

—— 邢孔史（海南省诗歌学会副会长）

晓云的诗里有日常生活，更有对日常生活的反刍与回甘。她擅长从一个点生发，一枚圆月，一座山岭，一朵浪花，一片云，一封信……由此凝聚出独特的个人体验，或以此为支点撬动板结的现实。她明了诗歌对语言的苛求，不断寻找"准确的词"，在传递现实真相的同时，呈现自我复杂情愫。她倾心于在诗行长短句的交错中，在每一节诗中，形成某种可以让人清晰感受的节奏的回旋与复沓。她的诗里多有古典的意象，这些意象在传承中获得较为稳定的意涵，也营造出古典、唯美的意境；她又可以在情感积聚至临界点时，用直抒胸臆方式，道出世态人情中的冷暖与悲喜。

我最初是在中学文学社社刊上读到张晓云的诗，没想到那么多年过去了，她依然没有离开诗，还将持续写下去。写诗这种行为究竟意味着什么？似乎只有写下来的这一切，才能算是在我们生活中真实发生过；只有让它们存留于"纸上的景观"中，才不会那么轻易地从一个人的生命中悄然流逝。这是我对她诗歌写作的理解，也是自我的期许。

—— 魏天无（华中师范大学文学院教授，博导）

记得晓云还是初二年级的学生时，就以她出众的文学才华任该校《山地》文学社社长。她是我所认识的学生中将自己的文学梦坚持得最为彻底者，此后一直笔耕不辍，时有佳篇；后入鲁迅文学院进修，眼界渐开，诗艺渐熟，她的诗歌创作，境界亦更开阔，意蕴愈加丰赡。

晓云的诗歌讲究意象的跳跃和节奏。《怀抱向空》里，"圆月"由圆满滑向"最圆的空"，这是一次跳跃"最圆的空住在最大的空"，是由月向天空的跳跃；"怀抱向空"到"闪电与惊雷"，是由月亮的空到人生的空，再到人生的打击与变故的跳跃；然后是"天清云开"，"直到把自己盘成一枚圆月"，这是人生由动荡向圆觉的跳跃。诗歌的意象能够在作者情思的调动下完成由一个意义点向下一个意义点的突破与跳掷，这是词语力量的展现；但这种跳跃又要在一些恰当的着力点上进行，于本诗来说，其着力点就是人生的空与自然的空两者之间的互相隐喻，这就使得意象不管怎样跳跃，都在一定的主题统帅下完成，因此跳跃不是散乱无章的，而是构成了一首有内在节奏和韵律的动听的音乐。

由于对意象的恰切的调遣能力，晓云的诗歌节奏虽然是快的，但是留给读者的冲击力大，韵味也更加绵长；《嗅我青梅》《画夜色》《梅信》等诗，句子很短，意义不薄，愚以为就与她的这种意象处理能力有关。当晓云将她的人生阅历融入到她的诗句之中，如《日落经》《妇人辞》《一天中一定有这样一刻》等篇章，便深有"赋到沧桑句便工"的意味和境界了。

晓云人生之路坎坷，有时从她发在公众号的非虚构散文中读到些境况，总是为她捏把汗，也真诚地希望她能挺过人生的艰难时刻，获得她应得之福。对于一个热爱诗歌和生活的女子，人生的磨砺与不幸会成为创作的财富，她的诗歌会写得越来越美丽动人，当年的李清照就是一个很好的例子。“绿杨烟外晓云轻，红杏枝头春意闹”，写下北宋词人宋祁这两句含了晓云名字的诗句，权当对她未来的生活与诗歌创作寄予深深的祝福。

——于元林（深圳第二外国语学校语文高级教师，诗人）

晓云的文字是大胆而圣洁的，然而却渗透着感伤而略带苦涩的情绪。这种复杂的情感使得她的诗歌带上了淡淡的忧郁之美。这美并不清晰，但能激起人内心想拥有的渴望，无尽受用。在《蹂躏》一诗中，诗人赤裸裸地表达了自己的“愿望”：“有一个远大目标：试图／蹂躏一个男人”，“如此计划，有些味道……总结起来是钥匙插进钥匙孔／这个习惯，不敢叫高潮”等，整首诗充满挑逗性诱惑，令人有种犯罪的冲动感。是什么样的生活经历让诗人要通过“蹂躏一个男人”来达到发泄内心苦痛的愿望呢？这正是诗人的“阴谋”，恰好构成诗人特意安排的审美意象。在晓云看来，诗是一种慢性毒药，却也是高潮体验的兴奋剂。如诗人所言：蹂躏就是发泄，发泄是为了更好地拯救！

从精神分析学的角度来说，作诗正是诗人进行的一种“蹂躏”方式，这种方式让她从中体验到无尽的快感。正是这种独特的“文学的疗效”，让她仍能感受到自己的生命从纯然麻木的肉身中升华，作为大写的“人”的价值的存在。

————杨琼（中国文艺评论家协会会员）

拜读晓云的部分诗作，写景，信手拈来却不着痕迹，自带一种天然之美；写情，于情意绵绵中敢爱敢恨，率真率性；写意，天马行空中亦幻亦真，颠覆常人想象。感觉晓云前期之作空灵飘逸，如空谷幽兰令人可望而不可即，后期诗作渐带烟火味却依旧不染俗尘。窃以为这是晓云有别于凡夫俗子之处，祝福晓云。

——黎吉珊 (海南省作协会员)

在海南诗人中，晓云是曾经有粉丝的。有一年，一个乐东县诗人给我看一本手工剪贴本，上面竟然贴了不少张晓云发表的诗歌。

——苏梦 (海南民刊《龙栖湾》主编)

云姐一直坚持把自己所有的喜怒哀乐投注到文字上，从懵懂少女到中年少女，她始终相信文字赋予的力量是一种疗愈，是她有勇气去面对困顿生活的唯一原动力。

我喜欢云姐在慢条斯理中的坚强。

——潘莉 (儿童摄影师)

该如何染出一幅秋色啊 （自序）

夜晚的发呆恰恰在于
闲适。闲适恰恰等于平安
至于那不起眼的孤独
恰恰稳住了闲适中的下笔
那红得忧伤的蚊子血
那红得不懂忧伤的朱砂痣
该如何染出一幅秋色啊

空有那怅然若失的感觉
一路跟随
从年少，背着书包
踢着小石头，沿夕阳回家
一直到七十四岁的娘
冥冥中与我们孩子最后告别
她扶着爹的肩膀流泪
一直到五十三岁的夫
弥留之际让我站起来转三圈
他微笑着说好看说爱

迎春花，牡丹花， 美人蕉，腊梅花
有人在街巷喊着时间——
细细听，我最早种的是何花
如今又是身在何季
何季何花且都写上吧

包括最致命的败笔——
抖落，纷扬，似无痕烟花

小唱

这熬出来的木棉红
这铺开来的一束火红
被风呼啦啦地漫开某一页
忽而又齐刷刷地停了下来
云在林梢，鸟儿在叫

海岛木棉红

虽说是熬

但说涸在月色里吧

染在精巧细密的筒裙里吧

这样才是梨涡浅笑呢

不是么，一寸煎熬，一两享受

由青至熟，终归至一坨平淡

不是么，这熬出来的木棉红

这铺开来的一本火红

被风呼啦啦地读开某一页

忽儿又齐刷刷地停下来

云在林梢，鸟儿在叫

三角梅园

伫足一处宅园
三角梅恣意绽放
这是一个女诗人的家
想不到在海口的三门坡镇上
还是与我同在一条美德街上
她住街头
我住街尾
记得三亚的女诗人衣米一
在一首诗中提到她
我正想着通过衣米一
敲开她的三角梅园

这时，梦却戛然而止
我醒来，居然默念出：海姐姐
这个梦里梦外都未出现的女诗人
海南岛会有荆衩布裙的女诗人吗
这不是重点
而是那开满三角梅的院落
隔着栅栏外雀跃时分的我

与曾在鼓浪屿中华路上流连忘返的我

有着惊人的相似

夜游雨林谷

还是需要借助一滴泪水

才能窥见与渗透

雨中的恋

林间的吻

谷里的缠绵

以及所有可能喜悦的夜晚

偏偏所有的事物一闪而过

惯用手机的手，起

惯看电脑的眼，落

雨 —— 林 —— 谷

吐出三个跳跃的字，我换了表情

寻小桥流水、探幽径花木

与那滴道不明的泪水

擦肩而过

其实也是盘旋在心海

无处着落

被日子捏起、打破、重塑

有人轻拿

有人放过

三亚姐姐的三角梅向阳

喜欢种三角梅的三亚姐姐

姓吴，名文兰

她与夭折的晓兰二姐同名

她更像晓琼大姐良善一方

姐姐给我儿子剥虾喂饭

一刻不停地与儿子轻言软语

我得以在风暴中微微嚣张

要知道，一个人的崎路上

找寻哥哥多年，哥哥多情不羁

横三笔是浪漫

竖三笔是忧伤

而隐藏在雷声中的那朵云

那么白，那么经不住白

还没读过《人生》一书的经典语录

就被剥夺了白，半生流浪

姐姐啊，你那怒放的三角梅

花颜未改，红起来

要把我染红，四季向阳

仅此青绿

在椰城，你要认识三人

椰青少年青绿腰，清甜相
你嚯一口，就一口
春天就乘环岛高铁来了

在三角梅旁或大海边
脱去青绿衣的毛椰大妈
咧着椰眼朝你笑

出自青绿的海椰皇先生
捧着他，你沾光

仅此青绿
人间就坐稳了首班春列

看海

忍着泪水来看海，怎忍心告诉你 ——

一个海也不忍放弃的人

可海浪护不了一朵浪花

卷着浪流而去

我目送远行的浪

请嘱托我们的，海的儿子

请他记着问候年年的海风

海风起，海螺吹

声声都在诉说生命的不舍

不舍，不舍 ——

我弓身给你一点一点地注射流食

你轻轻抚摸我剖腹产留下的疤痕

大海啊

海浪打过来，卷起千堆雪
一条五彩鱼趁机翻了个身
我屏息，叹息
海水深啊

海上明月升起
我低头，搜寻，定格：
一朵最初的玫瑰最终的微笑
半开半掩
海水蓝啊

我还是找不到海的眼
但我留下渴的唇
一任后人
三两干花生，半斤老酒
伴着海风轻轻吹
大海啊

海与阿云姑娘

海，有一海蓝色的语言
一睁眼就能挥霍它一抹海蓝
一转身就触及你心底的微澜

阿云姑娘老了，仍来海边
一枚白色的贝壳是君遗下的信物
夕照下的波浪为思念填作金色的歌赋
阿云落下的泪成了银色的字
一起交付海
海集结成一章一回奔涌 ——
向阿云，向岸，献上史诗的雪吻
又退后，推开天

海，有一海大气的词汇
一睁眼就能挥霍它一抹海蓝
一转身就触及你心底的微澜

大海边的志向

一枚青椰端坐海上日出
海一般的大口灌着海风吹
铁下心，一屁股坐就蓝
挥霍这抹蓝，蓝到满天

一枝三角梅斜插海上落日
海一般的大口灌着海风吹
伏下身，消化海的旧
怀想海的鲜

闽地行

酷似海南
长着大海与蓝天的脸
一下说冷，一忽说热
生动得像个孩子

我弹起情歌
闽，一条虫子关在门内
忍不住要探出头
忍不住要涌起海浪
写于涌来的海浪

汀州一夜

瘦灯笼，胖灯笼
有一刻幻想着
谁提着这么多别致的灯笼
走进古巷的简章短句中，走近我
最终，停止矫情
这会儿，瞿秋白同志说：此地甚好
宛如秋白。来，喝小酒
稍后松毛岭英魂与汀江水
把夜煮开，再上茶

在刺桐

一叫刺桐这个名字

花应一声，城应一声

感念祖先的刺桐人

把刺桐红艳艳地别在胸襟

我在刺桐住下来

我要做一回刺桐姑娘

逆回历史深处

叫一下自己，回音悠长

顺着声音，辨别昨日音容

厘清今日笑貌

（注：刺桐是植物，也是泉州的雅号)

北国冬日

下午五时，天已擦黑
夜来梦长，天罗地网般
醒着的，睡着的，都掉下去

短日，一缕一光攒着
捏在手心直出汗

偶见一名没心没肺的猫
旁若无人地刨土种鱼

一群喜鹊情窦还未鸣开
就已擦过树梢，飞远

剧情逼进苍茫
不断回放着眉梢的雪

在京城，聆听一场伦敦交响乐

飞流直下，我被冲洗得面目全非
在京城，我一边厌倦自己
一边垂怜光阴。此刻
指挥家挥着镰，提琴手划着桨
我只管抓紧波浪与麦浪

我只管品尝着夹层饼糖
咬合的瞬间，不必分
谁是谁的饼，谁是谁的糖
浪涌翻卷，台下台上
一片金黄又一片汪洋

感谢这场突如其来又莫名空空荡荡
它具备两种可能——
一可以歌，低到尘埃
二可以弃，开出花来
趁那交付的时光仍然涌动
一波又一波的浪
一匹马在嘶鸣中昂扬

我是南方的一棵橡胶树

1

北大垂柳是纤细长发女
旱柳却是枝叶如冠的壮男
我驮着京城一朵云
面对鸽哨天
欣赏京城土著的亮白
我是南方的一棵橡胶树
我也有我的白
交由星辰的无数次眨眼
我分出黑，我厘出黑白
最终决定白是怎样的白

2

长安街又长又安全
冬天悄悄来到额头
下起了我半生没见过的雪
雪的到来

让从前的日子归零
从长安街往天安门城楼
一个声音告诉我
我是南方的一棵橡胶树
只要一把好刀
我的乳汁如雪来临

3

在故宫
生为女身
我很自然就想到宫妃
暮色未四合，城门将关闭
她们袅袅的风烟萦绕在
她们浓浓的衣香鬓影里
我是南方的一棵橡胶树
我只有朴实的白
我朴实的白萦绕朴实的白

4

在鲁院的白月下

眼瞅银杏大哥结硕果

目染梧桐妹子枝叶茂

我是南方的一棵橡胶树

不只吐白，还要留白

最终，一双不肯歇息的翅膀

轻尘般落下，到达深夜

再没见过那么深的夜了

再没有那么深的夜了

从霸王岭的枯藤想起

死也缠绵，霸王岭的枯藤

它拼命向世人强调这一点

让人觉得

它只是为了迎合缠绵的样子

正如一个人

偏执地怀疑伴侣的不忠

紧追小事当成变心的蛛丝马迹

甚或幻想出丰富的情节

表面上她很痛苦

实际上她很享受

正如一个人

他未能在今世使自己变成凤凰

他找不准在哪个时辰

遁入安宁的佛光隧道

表面上他很坦然

实际上他有缺憾

多伦多锡姆科湖被冰雪覆盖

多伦多锡姆科湖被冰雪覆盖。
雪葬，真好 ——
我在湖底，恣意相思。
你在湖面，煮雪烹茶。
我们互为平行，却又因湖而生。

破冰，等春水萌生？
走吧，春生，春水亦生。
走吧，何必说，在湖底，我的疯癫痴狂……
我们一起唱 ——
多伦多锡姆科湖，被冰雪覆盖，被冰雪覆盖，覆盖……

翡翠山城

波上寒烟翠

春来江水绿如蓝

夏日阴阴正可人

夜深风竹敲秋韵……

他发出惊叹，小心翼翼

把她从一堆诗词中分娩出来

把玩，回旋

这些年，他欢喜她

既动如脱兔又温软如玉

在家国和珍宝之间

她是珍宝啊，一块上好翡翠

他是家国啊，一座翡翠山城

鼓浪屿之波

鼓浪屿之波就是浪波
说它迷人只因暗藏声色
向蓝的海，向海的深
向深的你游弋

直至跨越声色
木瓜、三角梅、桫椤、乔木
一个自由的故乡
小小的墓园洁净如家
日夜闻着邻里的炊烟

直至鼓浪屿之波为奔波
留出夜色阑珊
被海所环抱或者怀抱海
内心浪涌奇异的波

话说海口玩

我在海口骑楼吃了海南粉
来到钟楼，沿人民桥下走
逛桥下海鲜摊
纯粹是日常玩

赶巧，弟弟在群里发微信——
北姆堆、西秀海滩、保利中央海岸
海口野餐露营好去处
姐姐们，回来打造花样玩

说到玩，玩兴就来
大姐说，带上锅碗瓢盆与食物
小妹说，要有帐篷
我说，选择安全的遛娃点
最后，弟弟加一句
只要姐姐们齐聚海口
海口玩都好玩

黄花梨恰恰恰

四月一来，儿子的思维像嚼冰棒
嘎嘣嘎嘣，捧着，含着，怕化了
我催他写下 ——
我出生时，爷爷种下两棵黄花梨
黄花梨十岁，我也十岁
黄花梨养出神范
我也要活出王风

四月来了，眼波转，眉峰横
琼南乡下三哥请来修复师
给黄花梨八仙桌修旧如旧
还原一个望族富户的剑影刀锋

只有我这个自封的花梨夫人
在花梨木下睡得沉
待得四月姑娘稍春尽
我再取一炷良宵
沉香般慢慢燃烧
老身洗了又洗

红袖儿擦了擦月亮

末了调动一只发情的麋鹿

四野翻腾

火山石斛

醉于火山岩石斛开出的紫白
醉于石斛火山岩守护的沉默

醉于一场呓语中
冷不防，一串秋日饱满的
石斛链挂在脖颈胸前
不禁喜极而泣 ——
你若是那混沌初开的神石
我必是那遗世独立的仙株

六连岭成了祖宗岭

住六连村的麦玲阿婆

晨起第一事，对镜梳妆

编出一对黑白相间的发辫

如同从东麓到太师椅的六连岭

那拾级而上的绿色辫子路

阿婆说，有了整齐的开头

不怕没利落的结尾

登上六位少女葱茏的王国

请红绸、黑绸、青皮、母生列队

继续刀枪木棍拼的红军星火

六连岭成了祖宗岭

鲁院日夜书

我读的长篇仍在寒风萧萧
出南方风口，进高原腹地
我写的孤独如何能向阳花开

如何回报这么长的好日子：
飞过夏末的裙裾，擦过秋的叶眉
初冬的课堂有雨露雪光
恩师在上
披巾披在单薄的肩
小抒情开始：
桃花梅花白玉兰银杏在冬眠
鲁迅冰心巴金丁玲们在焐冬
我只要悄悄配合广大的悄悄
从一条老纹路返回
春天就写在怀孕的枝头

而关于她们
一句话，一个善举
如旋转的水涡裹紧我

还有他们，已举起火焰
喝最爽小酒，送最爽红包
最终，这个集体夜半惊醒
摸一摸皱纹与骨骼
猛然白发苍苍，泪流满面

嘘，小声，现在请听，再听
一切都为明日筛选荣耀的光

琼台书院之白梅

读梅，在琼台书院
两株白梅树
蜂蝶在白花间飞舞
我却看见一只受伤的鸟
飞向白云的肩
痛，由白云的药片止住

至于那三百年前
焦映汉书生种下的梅
萼绿花白，叫她绿萼姑娘
她隐身琼台书院
偶遇白衣胜雪的琼台女孩
我就确定是她
我目光跟随，不由自主

三十六曲溪两岸唱白头

幼年失父，少年母离
阿强携着汪汪叫的狗
三十六曲溪两岸细嗅清愁

阿强不娶不赌
独嗜好养狗，狗名如兄弟名
阿厚 阿宽 阿信
狗吠助势，稻粱苦谋

长歌壮年，徐徐暮年
阿强携着相依为命的狗
三十六曲溪两岸稻谷稠

极目而望，蜿蜒溪流
阿强携着最后一条狗
兄弟，上酒，唱白头

世界杯赠我流年

1986 年的世界杯
恰似少女的一杯心思
月光下出现的他与黑白足球
悄悄地被安放

1990 年马拉多纳的上帝之手
举起很多人的面包之旅
我的面包沾了诗行

1994 年巴乔忧郁的眼神
告诉即将为人妻的我
青葱就要脱下衣裳

2006 年我以单身的实质
泡酒吧，听你说齐达内
月亮繁殖星星叫醒太阳

2014 年，几缕星辉揉进烟火
世界杯铁定巴西，优雅的蜜

涂在蒙娜丽莎的笑容上

2018 年的世界杯权当助力
悲伤这盘底料加了日华月光
在京城，我小口地亲尝

2022 年不再熬夜世界杯
不再需要那么多眼泪
至于浪费的一地星星碎
留给月光来徜徉

松涛水库

暮给渔舟当道，助其归航
朝送云朵妆镜，陪其出嫁
与玫瑰同颜，与乳汁同名

此时，她沐着轻纱似的薄雾
赐我一库春水谣
此刻，传来松涛般的哗响 ——
护佑群山林莽的事物
呼应群山林莽的环抱

太阳湾

从澄迈马村的羊肠小道进入太阳湾
就进入野渡，无人，舟自横
且沙滩细软，有着几公里的静谧
最重要的是恬静的月亮陷在沙里
每抬起一脚，都引我放歌
引我盟誓太阳的言说

最重要的是那一夜后，你问我
为什么这么短
为什么这么短还要唱
我潸然泪下
因为我们的歌比太阳短
因为我们的歌比太阳短

晚练南渡江

晚练南渡江
日落未落时分
南渡江兀自试衣裳
缤纷的云霞丢一江

学习南渡江
种植身子的青堤绿岸
以防风暴怒狂
学习南渡江
滋润着南来北往的客
她自己更清朗

晚练南渡江
再看，再看——
南渡江兀自妖娆
直至车水马龙渐入梦乡

古银瀑布

白花花的水

白花花的银

世间银，唯你纯粹

唯有你啊冰雪聪明

自古至今只配清澈之水

银水做瀑流成布流下去

流入小溪小河大江大海

而后，天地又回报你

白花花的水

白花花的银

我是陨石坑茶乡的饮茶姑娘

说好的
不要管 70 万年前的陨石怎么来
只陶醉低缓山坡上的茶树成行
我是陨石坑茶乡的饮茶姑娘

说好的
就是一杯又绿又清的茶
说好的，可深可浅的泪水
都在一杯绿茶里
轻抿一口，就出落成
眉清目明的饮茶姑娘

说好的，舒展成芽叶的绿茶
捞起一把敷在脸部四周
凉凉的，像一片云的亲吻
说好的，在白沙陨石坑茶乡
怎么折叠一片云，怎么带到
暑气连天的你那里当伞

我要请你遛琼海小街

我要请你
我要请你遛琼海小街
小街的方向通往公园
而公园
通往迷茫或者复杂的海

我要请你
请你懂得
不是所有颤抖都想要
要的时候不是都颤抖

我要请你
请你牢记
挑逗不是制造寻欢的开始
虽有些寻欢的模式
但构不成寻欢的事实

我要请你
我要请你遛琼海小街

小街的方向通往眼眸

而眼眸

通往明朗或者简洁的居所

乌鸦飞过海口青年路

城中村包围的海口青年路上
做公期的鞭炮声与琼剧腔传来
我踩着采购大妈的一路聒碎
想起一个青年
他曾住在青年路晋江村一号
整日喝酒醉语，扬言要杀一个女人
人吼狗吠，扯着半明半灭的事物
包括乌鸦，飞过海口青年路

乌鸦身为海口青年路的意义
是青年在青年路小酒馆宿醉 ——
瞎摸黑，埋葬黑
遗下月白，交给风清
青年路由此月白风清

在福山镇喝咖啡的男人

大多数时候

他的生活以速溶咖啡的方式

搅动，饮尽

偶尔激起的荷尔蒙转瞬即逝

而此刻水煮一壶福山咖啡

仿佛期待过

也仿佛一张白纸

坐在那里并不惊扰谁

潜伏在85℃的水温里循序渐进

不必放冰糖，也无须加水

保持着不粗不细的粉形

继续深入 92℃ — 96℃的水温

深入刚刚好的时间

在福山镇喝咖啡的女人

在福山镇的烟光残照里
她隐在一杯咖啡里
让一种孤独情调裹着奢华
捕获唇齿间的优雅与忧伤

我喜欢她
不仅是她漂亮
或漂亮地喝咖啡
主要是她这杯咖啡
没有裹着奶沫令人捉摸不定

重要的是，很小的一杯咖啡
好看的拉花看似脉络分明
瞬间又消于无痕
一如这半生啊，轻抿，则好

在漫漫路途
曾飘过咖啡一样诱人的香
曾洇过咖啡一样深浓的色

在海口去沈阳的火车上

在海口去沈阳的火车上
时间不受管制四处流淌
淌过吃睡交替的人
一直盯着手机的人
望辽阔国土而静默的人
都是 ——
被时间消遣或消遣时间的人

管它谁消遣谁
在海口去沈阳的火车上
我想起有一回独唱
一个词语拖长尾音，高吼
台下有鼓掌、尖叫
打哈欠以及神游他方者

这都是风啊
爱往哪吹往哪吹
在海口去沈阳的火车上

在美舍河，遇见几只鹭鸟

日子，缺了一壶繁星
说好的歌酒歃盟
与劫难一起揉碎在冷阳中

几只鹭鸟把我引入 ——
一条长长的河畔
有船在水中，工人在船沿
一点点地捞垃圾
丢进船上大桶里

鹭鸟驮着河畔青绿
又一次引我，撞入微茫
落入水草丰美的腹地

为什么肮脏的美舍河
成了真正的美舍河呢
原来是惊天闪现又濒临灭绝的
眼神与气息
写在了白鹭翻飞的翅翼上

真正的海南

阴雨连天冷
好像无尽头
其实，只要你一低叹
暖阳就来了
这就是真正的海南

热气铺天盖地
好像要热晕
其实，只要你一声怨
雨滴就来了
这就是真正的海南

没有热得有冤无处申
也没有冷得暗无天日
什么，你不信
那你是不了解真正的海南

凝眸

就这样吧，脱去衣裳
把肋骨一根根拆洗
又一根根原封不动地装上
除了，把身体安在一朵孤清的花上

泡

七零八落的思绪

丢入木桶，加热水

把羞于说出苦难的双足浸入

那微微的一烫

足以把失神的经络

从一团云雾中接回

荒废的时光啊，以出汗的方式

细细密密地，渗出

在后颈，在前胸，在额上

就这样吧，脱去衣裳

把肋骨一根根拆洗

又一根根原封不动地装上

除了，把身体安在一朵孤清的花上

我养过的女子

十几岁，我喂养痴妞
我用自己的特色营养
喂足这个与众不同的娇小姐
谨防她出来人间造孽

二十几岁，我侍养良妇
不易切开，她不为人知的情脉
白天，她绞缠着面纱
夜晚，她慢慢现形：干瘪了
她仍舍不得丢弃的花
她的名字叫畸恋

三十几岁，我宠养妖姬
在天上培育鲜活的爱情
在地上牵扯死亡的婚姻
分娩出半截渴慕的余光
悄悄地导入封口的酒坛
终于那一天，打碎这坛酒
在江湖中弥漫开来

四十几岁，我培养修女

白粥咸菜一碗汤

这教人心安的旧日子

仿佛蓄积着一个秘密长篇

一节一段，甘之如饴

曲终人散，一剪老梅

溯洄向深处，曼舞

她挽住的轻风雨雾

全收在那条

蒹葭苍苍的河流上

梅信

从前，一封封信
从你的雪地
来到我的春天
以我的雨水
熬出你的梅

信媒
信任
后来如信

如今，风霜来袭
梅鹤，衔一枝梅字
插鬓白

捏女人

一如怀孕，有被呵护的资本
贴着呵护撒回女儿娇
其实，母性的光辉围绕着一日三餐
在热锅沿小心翼翼为爱讨口饭
只有在某一时刻，她才转身
聚拢双乳，换上艳装
缓缓滑入星光闪烁的银河

我的女人
她用一块泥巴捏出一个个女人
非常谙熟门道

非常谙熟门道，我的女人
明白有个细节是瞎折腾 ——
一天天弯腰捡拾地板上的黑发
一天天很快就长出了白发

试探

这是蓄谋已久的试探
我佯装醉酒哭得一塌糊涂
想我的男人和我想的男人
我希望他们争风吃醋彼此灌醉
最好泄露的酒话，让我坐收渔利

想我的男人为我当牛做马
我真想用毒眼神将他毒晕
然后吸出他的毒求他醒来

我想的男人为他当牛做马
爱情奔袭归来疲惫不堪的我
询问他，要不要依靠
我要依靠
就像多年来我隐藏得很好的初恋
多年来我妒忌的初恋
等我老了至少让我闻心香一瓣

这是艰苦卓绝的试探

我佯装醉酒哭得一塌糊涂
想我的男人和我想的男人
我希望他们争风吃醋彼此灌醉
最好泄露的酒话，让我坐收渔利

日落经

看日落了
学习看日落的兄弟
只夸晚霞很美

看日落了
儿子肚子痛
一边看晚霞
一边给他搽药

看日落了
假装明天就是女人节
姐妹说，这是提前生活

看日落了
把你放在角落
一如放零花钱，慢慢忘记
无意中翻出来
就是一小笔意外之财啊

守寡的袍

一袭守寡的袍
爬满了虱子
被月光一遍遍清洗
神啊，时辰到了
请起轿 ——
把她将暮未暮的光景
把她风韵犹存的心
再华丽地嫁出去吧

一个吹着口哨的男人走在我后头

清晨，我急走于人行道上
一个吹着口哨的男人在后头
他吹什么，哦，《春天》
我听着哨声展唇微笑
并且俏皮地偷瞄

一个长得太普通的中年男人
在清晨淡淡的时光
他走在我后头不停地吹口哨
约一百米的路程后
他便拐向转角。在他消失前
我看见他用力地甩了甩头

用力地甩了甩头的男人
吹着口哨远去的男人
相当于我一日之计的清晨里
必须有一个时刻的默默加油

一天中一定有这样的一刻

我站在此刻，站在
刀尖，养云
这朵云只愿意穿白裙子
满大街都老了，耳朵
看不见眼睛的告白，眼睛
听不见耳朵的吻痕

在所有的日常之下
一些日常教我辨认入夏的跫音
太细，太轻，太多，若有若无
这朵云的白，就是
太细，太轻，太多，若有若无

不管怎样，出售吧
一两云，一两两的云
只愿意穿白裙子的这朵云
看光阴，一点点地原路返回

波澜

是颓废与厌倦的交集
是命运的河流
是波澜遇上了波澜
是一次次的推波助澜

关键波澜，天上爱情喂养了
六年的神仙眷侣
转折波澜，天赐予的儿把爱
送回饭蔬香绕的人间

波澜一直在花床上探蜜
由两条弱不禁风的大虫
缩在棉被里
承受波澜起伏

还有多少波多少澜
跟随藏在黑发里的暗
与叠在白发里的糖
一起潜伏

尘愿

我不再生育
我有一双儿女够了
我下凡的孤独不停发育生长
我不在乎人间的闹剧登台亮相
在隐秘而弯曲的时间里
凭着一根细细的丝绸线索
希望找到绣花鞋穿在
冬天里的暖意

当身体内的琴声歌唱或呜咽
我这个老女人抓着一根香烟
吸一口亮一口，末了丢弃

忽略

天色阴雨，阴冷，循环往复
只管补水。其他不便兼忽略

人间是个情绪大染缸
大家在此泡过，闲说几句
以为找到做人的尺标啊
你独坐一隅，大可忽略

翻开泛黄书
阳光已使用过多
如今尽可节制地使用
野草疯长，河流宽阔
每一滴水都在寻找岸的母亲
以上鸡汤，一气忽略

具体事宜：
清理所有垃圾
摆摊一寸光阴，叫卖十寸金
此类进行曲，自行忽略

忽略人、事、物

往后，也是一再忽略

每分每秒，直到少，直到尽

空

秋天咽下一枚苦果

谁的眼泪在飞谁在结束

谁在夏天就把我遗忘

谁在意春天时说过的甜言蜜语

只能是幕后的哑巴

我的歌声聋子不需要听见

布下陷阱留给自己

我没想要谁来陪葬

冬天这一袭雀裘

破了一个洞

晴雯一丝一线，情尽至此

宝玉啊，你最爱的人

当然不是我

恋爱虫

夏娃虫懒睡了上百年
终是因这基本对象
这一只想恋爱的亚当虫
醒了过来

情不自禁地展翅而飞
一不小心
往下俯冲
砸在世界某一处高地上
高声鸣叫

奉天承运，上帝召曰
亚当虫与夏娃虫
于公元 2012 年 8 月 19 日产卵

良辰美夜，回不去了

鸟声啁啾仍在山林
小兔还在铺满秋意的窝边跳格子
我却回不去良辰美夜了
点根蜡烛
照着杯酒盛下的天
就着夜，摸着了黑

一任林风戏谑
在眼皮合上前
我仍然竖着耳朵等待
那星子归家前习惯抓把云
习惯从我身体里飘过

秋雨

秋雨下了几夜几天

不就是唱首《流连》——

流连，流连，流连

流连在你窗前

不就是把一首诗修来改去

要么见光死，要么光芒一现

不就是儿子读书考试

转眼又享节假日的闲

不就是房内播放的《童年》

在循环往复

一头歌唱儿子的童年

另一头探望我的童年

人质

走了很久的路
疼，迫使我沉默
迫使泪水，混着雨水
说好，很好

打从一开始
错过一饭一蔬的相濡以沫
幻想冰山的雪水
熬出陈年的膏药
如今
挟持着不可挽回的悲壮戏码
我是它麾下持久的人质

弱势

当大家都在说啊说的时候
如果有一个人想说
却找不到表达的言辞
她就是木头
一截卑微又浮躁的木头
她把笨重的沉默扛回家
不由自主，她写出一行
很奇怪，写完这一行
那场雨多么喧哗而无际
她反而未湿
未踏入那个欲罢不能的领地

谁不爱谁

他不爱我

我很清楚

爱情这个词不是表达不出

而是表达出来太复杂

充其量算是动动心吧

动动心变成一种习惯

日子长了就变得纠缠不清

日子久了就好像缠绵在心

他很清楚

我不爱他

我的兰陵王

—— 在京城观话剧《兰陵王》

京雨临泽，气象万千
而我注定唱不出我的兰陵王
一声巨响，众生鸣
我沉寂河底

我戏耍河流平缓的一生
我的王，我的兰陵王
呐喊于三世旷野

很久，那是积攒多久的泪
终于流出
不必怀疑
我还了人间一场大雨缤纷

京雨临泽，气象万千
拼我一力唱出我的兰陵王
一声巨响，众生鸣
我潜于水底

停留

她控制不住那种快
那种尘埃落定，又不定
需要一个老时光摸摸她的头：
丫头，来，坐这头……
一场恋情私语。或一场灵性呓语
到此时，或到此地，她才平静下来
不平静的才停下来
看看身边的事物
多么不管不顾啊，都在漫游

微信聊

最方便的一种
也是最自得的一种
我们用文字，不是口才
敲出一行行字来
我们可以撒癔症了
觉得自己有与众不同的一面
虽然不为人知
但我们手怀绝才

最废话的一种
也是最无聊的一种
我们用表情包，不是文字
传出一种情绪来
我们在喊晕装郁闷
我们制造垃圾
然后删掉

最容易的一种
也是最经不起考验的一种

我们用嘴，不是行动
说出一句句话来
我们在虚情假意
虽然没见过面
但说爱不脸红

最泛滥的一种
也是最无能的一种
我们用裸的身段，不是本真
拍出一种欲望来
我们在扩张色情
我们制造罪孽
然后叫痛

最快捷的一种
也是最新奇的一种
我们星散在线下各个角落
却不妨碍我们在线上时空
遥不可及的世界
终于以你的长度
进入了我的深度

未竟的事业

身体里有三个男人来过
一个男人盗走了她的青春
又一个男人与她生儿育女后
仿佛已经完成任务
再一个男人，一番努力
最终如星辰葬入海

君不见，三四月桃花开
乳房涨。五六月，星光灿烂
唢呐娶走的女人在做爱
七八月，暑气难耐
少妇只罩条男人长衫
打着光脚在房内来回招摇
九十月，风韵弥漫
肥婆娘柔指绕成百炼钢
十一十二月，美人迟暮
泪水在心底回旋，清唱
一二月，睡美人醒来

君不见，灵魂相依的爱

终是悬在深崖。青丝变白发

这未竟的事业留给后来人

俯视，学习哗哗溪流

简单而毫无顾忌地唱

仰望，月亮与太阳吻别的海上

微波涌漾

我还没与你恋爱够

我还没与你恋爱够
水鸟飞尽，水中一滴泪结冰
映照旧时的风景
那时，独爱红酒
心儿骚动得莫可名状
以嘴为杯，一口一口地
吮醉，执走天涯

我还没与你恋爱够
承诺就打了埋伏
顺势滑入夜，黑
如同宫中胎儿颜面不详
只能密密而行
孕育的月色镶上沉默的银光
我想起怀月而眠

我还没与你恋爱够
月已西沉，沉下几万米深渊
问询此刻的呼吸

一无所有也就一无所挂

以此为印记

许我马不停蹄，书浩荡

一些不舍托付来路上

我要，我还要

我走了很久，很沉
我要，我还要 ——
这柠檬味，这爽快的
无视伤痛的一杯
我走了很久，很沉
我要，我还要 ——
这蜜瓜儿，这始终在恋爱的
圆润多汁，不时地咬上一口

我要活得越来越不像话儿
我要秋天赶在成熟多姿时
表露粉嫩的小欢喜
我还要秋天无所顾忌地
敞开秋夜的乳房
总之，我要正活着
我还要倒活着

我与女诗人衣米一

我想，叫她女人
去掉中间的"诗"字
一定让她舒服吧
当然最舒服的是我

女人与我只说过三句话
女人的简洁诗句种在菜园
摘菜烧饭，再无别事

女人叫衣米一，家住三亚海边
后来，衣米一在任何角落
在越来越混乱的时候
灵光一闪，她就跳将出来
我是鱼时，她是拌鱼的豆腐
我是豆腐时，她是拌豆腐的鱼
这就让我越来越长本事
看着潜伏多种可能的大锅烤鱼
我嗅着气息，一双筷子
就从大鱼下挑出豆腐来

陷入困境

这是多么热的夏天

下午五时竟狂风吹沙，像沙尘暴

我收起凄然的凭吊

把你电话挂了，把衣服收回

房中黑暗一片，电脑屏幕泛着冷光

仿佛有一双手在键盘上敲打

我脑袋嗡的一声进入盲区

不是倒下，而是呆傻

走投无路的人

做什么都不像做什么

最要命的是那个人

在暗处不明

想念

到今天，我想念的
仍是射发三千箭
飞于纷扰喧嚷的江湖
纠结于日夜
拥有红药采尽又滋生一片的
眼睫毛包围的海里
那个眼神的痴

到今天，我亦是
凭一个信物或独家情句
想念才有了底料
最好，站在阳光下浪漫一身
再老一些，亲调药羹，不离左右
想念才完成了点睛之笔

向红酒瓶软木塞子致敬

雨贝葡萄酒庄
一堆新软木塞子晒在阳光下
闲情逸致，浪漫多姿
能有这一刻多美啊
在红酒一瓶瓶出场前
在紧闭青春的歌喉
只为红酒守口如瓶之前

卖红酒的晓晓家
一堆旧软木塞子装饰在白墙上
闲情逸致，浪漫多姿
能有这一刻多美啊
在红酒一点点饮尽时
在剩下的光阴
在微醉的节奏踏起时

后来呢，后来啊
有人一打开红酒
就会把刻着酒年份的塞子

捏在手心把玩，然后慎重地

放在光阴口袋里

一般我最喜欢

一般我最喜欢
坐在黑暗中
心里偷偷地乐
具体乐什么
我告诉你
今天看镜子真美

我还喜欢坐一床软绵中
头发还湿，我喜欢床角的灯
尽管灯光对我来说毫无用处
待会儿我就睡着了
头发还湿，梦里无事

不，我更喜欢你
说"笨蛋，最好保留下来"
那是一种洗尽铅华
一种想哭但也不必哭了
喜欢从哪来就往哪去吧

你瞧

我本来有这么多喜欢的

都被你渲染得太阳光了

我还得在黑暗中再温习一遍

我自己欢喜

那天坐十二月开始的雨中

那天坐在十二月开始的雨中
青檬与苏打多么绝配
可我的痼疾却是藤，缠在
她四个哥哥环绕下的妹妹花蕊
她愿意奉献给我花样的时辰
嗅着香，她又是李清照般
某些词，堪比刀光剑影的准
一条美女蛇被她剜去剧毒

那天坐十二月开始的雨中
花的归处仍在花深深处
主要说她，提取花的精魂
晃过，突然站住
回头，把我搂住
她傻傻地说，我满怀花香

一片云

小区草坪边上
一个朴素多年的独身女人
她一身妖娆地出现
这些年，她经历了什么
同住一栋楼层，门对着门
我也不知道她的名字
就叫她一片云吧
她若对我吐露一句话
吐露的是不是一片云呢
我却是一片云的念头
一片云
一阵风信手拈来的虚构

一条满眼浓绿的路

这只是一条路
一条满眼浓绿的路
认不出是在哪里的路
在哪里都可以有的路

当我走过车声喧扰
我一眼相中这条路
这条满眼浓绿的路
一直存在着
我由此肯定
在这条路上
我啥也没有失去

就是这一条路
一条满眼浓绿的路
认不出是在哪里的路
在哪里都可以有的路

雨滴

一直想写雨滴
从少年怀抱吉他轻弹《雨滴》
到中年拂尘的雨滴
雨滴覆盖着雨滴
轻敲慢诉，拒绝催促

雨滴看似细细唠叨
其实是干净的婴儿
心无旁骛地躺在摇篮里
不必对话
只要跟静拥抱在一起
我确信
寂就会自然地盛开

雨滴渐渐落满了阳台
雨滴由可爱变成丰满
如我，已过了莫名雀跃
而又肯定雀跃的当儿
我看见一只鸟

绕过心头飞出去
穿过茫茫雨际，轻盈地
落在不远处的浓荫里

那些抱青山千里,拥绿水万马
且相看不厌的诗主墨客
他们已替我
歌流韵,书运闲

尖峰岭是敬亭山呀

林海云海雾海大海
看尽了海
尖峰岭却陷在林里云里雾里海里
借助一枚高悬的太阳
携手相伴天涯
如岭脚这一棵木瓜树高举
托起一群木瓜姐妹兄弟
共发西窗月牙

我醉倒
背不回峰，带不回岭
我要找到准确的词描绘
不，尖峰岭是敬亭山呀 ——
无须一杯一酒，那些
抱青山千军，拥绿水万马
且相看不厌的诗主墨客
他们已替我
歌流韵，书辽阔

尖峰岭一直孤坐云上

关键是舒展，是层层展开
由浅渐深的无言枝蔓
眼光注定偏向柔和与温顺
成为一个绝尘女子
默许它尖尖的峰，海拔 1412 米的尖峰
盘，盘，盘
慢慢地，盘着上山
而绿海和苍岩一路跟随

再次确信
在雨林谷的怀抱里
隐了悲情
一如幼年游入大海的中华鲟
老死，它爱过谁，谁爱过它
千百年来无从回答

只有尖峰岭一直孤坐云上

那令人仰望的尖峰岭啊
—— 致知遇

峰尖在岭上
时时嗅春，启示风
仿佛，母亲从那归来
抱着富贵竹，报我平安
许我来年火红

这咸湿的泪，染了墨
泼墨如云
可以商议一场雨雪
甚至呼应山川
携尘埃，播种林丛

更远的天
霞光为桨
划到月亮家做客
偶有星子鸟鸣落入杯中
晚风叩帘栊

嗅我青梅

绝对是这样的
在我进入那片绿野之前
白裙蓝衫已经穿上
我已闭上眼睛，嗅

不只是狗尾巴草
连虎耳草、野枸杞、婆婆丁
这些不知名的草都被我嗅出来了
小跑，打滚，咧着嘴
你最调皮了，持一枝青梅斜过来
我知道，你的眼睛也是闭的
学着大人呢喃野性与温存……

我一直没告诉你，如今
我的眼睛还是闭的，学着老人轻喃
青梅、青梅……有这点青葱够了
我不会记夏老冬荒
我再也不记得夏老冬荒

故乡的面貌逐渐清朗

我是白云娘诞下的女儿
人间素净的植物主义滋养了我
菁菁故园是故乡明月的眸
故乡明月是故园菁菁的眼
一日千里留给儿孙
我以舒缓的青绿命名明月故乡

当荒凉与惶恐的影子越拉越长
这样的园子从来不是明月故乡
我们该剪芒果枝啦
高呼声中，千万只喜鹊飞来
衔着故园的音符
鹈鲽拾唱花田，度尽斜阳

随后，明月挂在树梢
安然的对视中
故乡的面貌逐渐清朗
明月照着的花木扶疏就是故乡

轮回

倦鸟归巢
衔娘遗留的气息修补巢穴
任往事翻飞

最后一幕挂在下沉的夕阳红
娘放的牛那个野啊
我睡在娘的布挎袋里
睡得沉，脸蛋儿那个红啊

如今抚摸娘生前手缝的针脚
细细密密，渐渐逼回刀锋

神明啊，不必嘱咐
小儿的口水流哪
我包的牛肉馅那个香呢

直到又迎来一轮风霜侵蚀
草木吻过碑文
夕阳受青山一拜
托明月升起

泪水

送别娘
娘，我的泪水泛滥低流
不必浪费，抬起头
天色未晚
人们书写的春天与我关联

送别娘
娘的泪水挂在天上
我要高过娘的泪水
我的泪水才能
照见娘的泪水

石磨

就是给你飞也飞不了
只好站在原地转圈圈
眼泪稀啦啦地流
流出来还好
堵在胸口就是慢性自杀

我等待复古的眼睛
把你流出民间
也算是抚昔追今

妇人辞

重复的场景、语气、动作
她偶尔被叫晨钟暮鼓
大多数时候是琐碎的大婶

倘若明天
上帝恩准
从月亮的小弯门出发
亲爱的小妇人
她一定是备好了小蛮腰
还有一条铺长裙裾的落叶小道

再妇人辞

云卷云舒
在山川，在阻隔中宛转
在天涯，在千山万水招摇

直到靠近月亮的小弯门
慢慢减去浮尘，渐渐收走爱恨
小蛮腰寄上
继续，让行云行他的云
绕过山川，又是天涯

呼吸

从娘亲的新墓地回来
你拐入眼镜店，修理黑眼镜
黑瞅黑，黑低入黑
千朵万朵云朵呢
低低地，浮在灰蒙的天边
云瞅云，云在云中写下呼吸

同样是春日，北方的白丁香
千朵万朵，低低地
点缀春风吹拂的枝
你洗了橘叶水，雨就来了
把雨关在窗外，躺下来的呼吸
低低地，下着雨滴

那么白的丁香没有你的尘埃
那么飘的云朵没有你的根须
那么，呼吸着——
一边布满尘埃，把尘埃归土
一边培植根须，把根须归地

老爹炒了老板的鱿鱼

老爹 65 岁炒了老板的鱿鱼
终于携上娘亲告老还乡
家乡十年来没人住的粗糙平房
爹娘从此与它厮守昏黄晨光

张家有三女
我姐是一个贤慧持家的人
我妹是一个生意上的能手
我呢，像不像天上掉下来的云
已嫁人的三姐妹总结出一条
老爹的乐天派与娘亲的勤俭
是这个家立于不败的缘由

弟弟从大学里气喘吁吁赶回来
搂着娘亲的肩：面包媳妇会有的
二叔三叔邻里也说回来好啊
叶落了还伴着他的根

而老爹有他的想法

炒鱿鱼当然不是年轻人的冲动
一口一口啜着娘亲酿造的米酒
目光有神，思路清晰

老爹的青年

海口农校三年畜牧专业
1959 年毕业，分配至乐东县
30 岁经人介绍，与我娘成婚
这是我爹纯白的青年史

也是张家族史。历史的深处
爷爷的墓上清晰地刻着 ——
广州陆军军官学校，中尉
这个已成风烟的荣耀不可知
唯一可知的是
爹是一个幼年丧父别母的孩子
借着寄人篱下的生活
一举成村人眼中的星
成为我们儿女头顶上的星

爹是幸运的
爹娘相见那天
爹上衣口袋里别一支钢笔
我娘聪明，紧跟时代唱和 ——

带钢笔的青年有文化

我爹是不是文青我不知道

可我爹却是老实本分的青年

在他同事贪污坐牢那一年

爹的老实本分一夜之间出了名

老爹的壮年

学畜牧业毕业的老爹
却干了大半辈子拨算盘的工作
还好，上学时候老妈养了多少年猪啊
猪一闹病，老爹的专业就派上了用场

扫把垃圾斗都亲手制作的老爹
生活拮据，几近吝啬
可当他买下 2006 年版的《红楼梦》
我就知道他收藏的四大名著全齐了

炒了老板鱿鱼的老爹
被另一家公司聘请当会计
其实说古道今是老爹练就的本领
同事与邻里都说
领导出差带上司机拿来开车
而带上老爹是拿来解闷途的

已过七十大寿的老爹
闲时摆弄半导体收音机听琼剧

别看他是一个哼哼唧唧的糟老头
可他会用笛子吹《集体农庄的老妈妈》

我回琼北老家
不是吃不上老爹的可口饭菜
主要是听不到老爹的大嗓门
大嗓门的做食总是稳稳当当

老爹的晚年

75 岁的老爹
炖煮间隙，旧书看到半
折起，老花镜搁上头
娘洗好保温盒
俩老准备打包红烧猪蹄
送达我味蕾的故乡

80 岁的老爹
吃完三门坡镇的一碗粉汤
骑着电动车直冲入家门
门前结的黄皮闹得正欢
酸中带甜，甜中带酸
正好儿媳妇怀了第二胎
银辉从瓦顶的天窗射下来
仿佛娘魂携带春天归来

85 岁的老爹
写楷书，说成写大字
说的都是回忆

除了形象地描述他的孙子阿仑

他已经不记得今夕是何年何月 ——

还计算什么时间呢

时间它会慢慢来算计

母亲

她驼在村头榕树下
好像麻木了
可她拿着我给的两块糕
眼睛发亮
她矮瘦的身影走回小屋
小屋对面就是她儿子的家
听说她蛰伏着要发霉
都没敢向她儿子要一缕阳光

我想起亲娘
生前，已备好寿衣与棺材板
却得不到上天垂怜
走得如此匆忙
一句话都没能留下

再看当母亲的我
母亲节，亦当母亲的女儿
送我一束花
我老早就提醒女儿

要做快乐的母亲
母亲节更要快乐

母亲想告诉母亲
一味隐忍与无求
就亵渎了母亲的神圣
而任由他人来践踏

母亲走后

母亲走后，真正喜欢清明
喜欢节前我们四个孩子
聊聊扫墓事宜
喜欢听彼此说出：妈妈
借这当儿叫叫妈

母亲走后，期待梦见
在虚幻中重温后
又习惯在人群中寻找
看看可否发现
酷似妈妈的人

母亲走后，开始留白
很多诗都删了
没有一首能烧给妈妈

娘音袅袅千万里

—— 致香港冷夏教授琼南乡下的亲娘

娘，94 岁的娘，那一头鬓霜
一直催着月亮急急归
粽肉香时，投影艾叶盆中央
映照一方润生的小苑，映照
打猪草归来喂养八只猪崽的娘

娘，94 岁的娘，那一口乡音
一直催着月亮急急走
摇侬调起时，回到崖州西南
萦绕一家隆丰的厅堂，萦绕
长毛魅妈的故事长长

娘，94 岁的娘，那一海之南
一直催着月亮急急赶
莲雾又青时，八仙桌愈老
家族这面海上，外婆爷爷是桨
爹娘是帆，儿是等来的航

70 后女性小素描

70 后太清纯

当年学校有片橡胶林铺到天边
我们却不懂利用它来谈恋爱
只有临考那几日
捧着书本坐于树下一昏一晨

有幸遇到一个老师，他姓黎
他总在我稀奇古怪的作文上
写下不一样的评语

每回发校园文学报
引来的校园骚动此起彼伏
学哥们大声地叫我的名字
还有几声像是惊艳的口哨
羞得把头低低，脸儿飞红

那时，长发飘然，娇小玲珑
路过谁的青春啊，皆有可能

70 后小贞洁

70 后出生的女人
一肚子委屈也要护它周全的
贞洁外衣，自认为是最好的嫁妆
可婚后两年，二十五刚满
豁然明白的风刮遍大街小巷
渐渐地，姑娘挑三拣四成天下
没有失身，是一块纯正的试金石
失身呢，还是一块上好的试金石

70 后老混蛋

有诗裙穿出门时
没有花园与落叶小径
衬托裙裾的飘逸
有花园与落叶小径了
裙却了然无诗意

70 后变成老姑娘的唯一途径
就是形单影只

就是遇见一个老混蛋

说：滚，混蛋

在黑暗中，有人亦指过来

说：混蛋，滚

混蛋看得见混蛋的脸

只是懒得相互指认

就这么，混混沌沌活一世

与混蛋无异

70 后分水岭

70 后停在灯火明灭处喘息

与命运这老家伙投骰子

持桨者，让河流万里寄它的水

让行云行它的云

困顿者，张了张嘴，两腮僵硬

耳朵控制不住发出轰鸣

介于持桨者与困顿者之间

翻开早年办理的护照

它在抽屉里完好无损

完好是那时的意

无损是今时的愿

冬至

收到姐姐蒸煮的黑豆饭时
刚好翻到我喜欢的女诗人
写忍冬花那一页
阴尽阳生，浊泪直流
一果一蔬，一粥一蛋
倾尽全力，再打开一坛酒

醉里挑灯，看我的献辞啊
长夜与短日的衔接
不过是颤抖的泪串成一枚扣儿
不动声色，佩戴而行

多巴这只巫

三年大疫防控解除后
多巴这只巫
穿着漂亮裙装
行头更野，更足
打卡哪里都是远大，志四方

多巴这只巫
扯我高跟鞋，躲猫猫
我长发垂下，拂及猫隧道口
尖声扬起，素颜着光

再扬起尖声
收起蔓延的日落与情书
手中玩转巴黎一喷
多巴这只红袖
静卧于夜晚书桌旁，添香

百兽蛰伏，我最后只怜
多巴眼巴巴瞅我的样

过年

过年 ——
沐浴更衣，迎新接福
一日长炮后，又一夜烟花
这破碎的灰烬
它的好，恰恰就是破碎
尘归尘，寂归寂
至于它曾有的轰炸
是它惯于表现的喜庆
是它装模作样万象更新
这很好，你得以混迹其中
扬起嘴角，翩然少年

过年 ——
谁在酒里贪杯，长乐未央
谁在尘埃里忙碌，未落定
谁又蒙上了镜子
乌丝银发缠成一家亲
谁说着寂寥，证明生活还如常
谁唱着悲歌，证明已陷在其中

过年——

不喊恭喜，不喊发财

不喊百年昌，不喊世代顺

只有款待，千山万水前来的

还未愈合的伤口

敬天敬地，敬伤口

开年头，面向春

鸡翅与秋葵

秋葵，秋葵，眼前弥漫青青的园
鸡翅，鸡翅，味蕾全是喷香的念
我稀里糊涂就得世间的安慰 ——
我的儿子，叫他鸡翅
我的女儿，叫她秋葵
到了饭点，我一声鸡翅一声秋葵
饭桌上就有了鸡翅与秋葵

理想总是蜜似的抹在嘴上
谁知道有一天竟来到心坎上

姐妹唱

如大姐张晓琼，持家有方
一晓一日的琼浆
如小妹张晓花，巧歌如兰
一晓一日的花腔
如我啊张晓云，仰望蓝天
一晓一日的云翔

如名多好
努力如名
琼浆，花腔，云翔

老家的燕子

燕子衔新泥在老家的堂墙上补窝
叽叽喳喳飞进飞出快乐得很
丝毫不怕围坐堂中涮火锅的我们
二叔眉开眼笑说它是吉祥物
是家里的一员
这一员与人的和谐很少在城市
多是在人烟稀少的地带
多是在自由自在的农村

质朴的老家啊
尽管你的堂前也摆上
城里人早就有的物什
可你永远沾不上城里人的洁癖
城里人不喜欢污染白墙的泥窝
怪只怪老家的燕子它总觉得
最新的泥在老家
最亲的人在老家
还是呆在适合自己的地方好啊
快乐而不被忽视

男人女人

1

有一种孤男寡女的聊天
话题虽然无边际
但是双方很少提及家庭另一半
如果只为了暧昧
暧昧不过是两块榨干的肥肉渣

2

喝酒与幻觉还是相连的
他的眼神闪亮
她的嘴唇流蜜
酒醒后，一次性丢弃
各自在漠然里吃饭
酒精作用和男女更年期一样
已经过去

3

人人都怀旧
谁不怀旧谁就有问题

最后有些怀旧就被 PS 出来
无论男女
谁把怀旧叫得愈响
谁就是有害霉菌

4
他说下次有空一起喝茶
她说好好好
下次，下次

彼此很难有下次
理解这有限的热情
有时疲于热情
多数是 ——
这头擦肩，尘埃落土
那头握手，破土而出

5
人类如果问
男女之间有长久的相爱吗
上帝就会发笑的
看看白发谁家翁媪

肩并肩，坐在烟光残照里
人类不敢说爱的长
人类只求陪伴的久

6

这一帮男女作家很遗憾
竟然是文本不能站出来砸他们
连文本都在窝藏虚伪
这一帮男女作家很坦然
死后文本进入废品回收站
死后文本不再能欺骗自己

7

我最后说到唯一的儿子
十岁的他，还没长成男人
可已经在模仿他爹
陪着我，学着谈论时光
我慢慢小下来，弱下来
让儿在我眼前男人起来

你从光那头走来，我从暗这里出去

你从光那头走来
我从暗这里出去
来不及窒息，拼命抓紧
呼救的自己
援助我的你

不敢说大石落水那一刹多轰鸣
亦不敢说麻木这张网有多宽大
可能阻挡
你从光那头走来
我从暗这里出去

我无法道花开时泪水滂沱
就像无法说多年尘遇雪而落
叩谢万物
你从光那头走来
我从暗这里出去

我难以描述峰尖的火焰

就像难以启齿谷底的深黑

特别是面对熬，煎出的月

还好，不晚，你从光那头走来

还好，不迟，我从暗这里出去

三亚湾海景

海景看久了有点头晕
三亚湾遛狗的女人为零
想巧遇衣米一有一定的难度
衣米一住在这片海域
她诗写简洁，牵一条叫摩卡的狗
这是我喜欢她的出发点
与其抽时间来相约
不如用念想来邂逅
邂逅了，我自然地喊：
啊，衣米一
你的诗歌我爱读
顺带多说一句废话：你裙子好看

记住，衣米一之前没出现在三亚湾
之后也没发现在三亚湾
可她是海与沙滩的一部分风景
且栖居在电影情节中

三叶草

一叶是祈求，两叶是希望
三叶是爱情，四叶是幸福
爸爸妈妈带着孩子找四叶草的幸福
四叶草的幸福
其实是由三叶草化生而来
所以有人——
生来细心，活着虐心，死了不瞑心
遇见三叶的爱情，就要压平对轴
带回家夹在书页中，由此纪念
由此，美好的情愫总是萦绕不去
孵生了——
美好中的小美好
三叶草成了四叶草

我爱的小城叫乐东

我爱的小城叫乐东
风把一块荒山吹成新绿
占领一江一山二岭三湾后
终于当了父王
雨慕名而至
雨是慈爱的母后
嚼着槟榔的味
飘着芒果的香
煮着诱人的黄流老鸭
蒸着可口的扁豆虾酱
后来，风与雨的孩子
又学会了
海洋与蓝天一样的干净气质
桥与高速路一样的大气模样

我爱的小城叫乐东
倏忽一夜之间
乐东人喝着一听酸梅汁
站在香蕉楼前

一遍又一遍地把崖州民歌来唱
转眼一夜之间
乐东人从身体里的昌化江
淘出玉石，淘出祖先的训诫
一晨一昏，争相效仿
更有那眼神里的海，一波一浪
荡在南中国这座眉峰旁

我是乐东小城人

最初，乐东小城只有一条街
仰望着一只鸟儿在蓝天飞翔
惦记老广场那碗椰片清补凉
爱逛第一市场里的布衣店
选布量身订制衣裳
穿着棉质的青春
我是小城纯朴的姑娘

闲暇时去昌化江边走走
多数时候，习惯面对着山风
捧着温润如玉的一枚青椰
儿女理想在怀中唏嘘不已

一夜之间小城被称为小三亚
唇边湿热的热带情话
绕着空气高指数
净化一城的雨雾
一饭一蔬，不问西东
只有饱含悲悯的三角梅

时不时催我上路

这座冬暖夏凉的乐东小城
一只鸟儿仰望着在蓝天飞翔
一把青菜可当花，我逢人必说
糯米酒比红酒清甜
椰子水比珍珠白清纯

致所有相同的春夜

春节之夜
与平常的春夜一样
干净，清朗
只等清风明月低垂
再喝一点就独坐红尘

一夜喧闹的烟火
一堆言不由衷的贺辞
以及那鸡肋般的春晚
都是为了让身体燃起来
进森林，蹚过河
深入腹地。取一瓢颤抖
尽情地欢饮吧
多少个春夜
都与春节之夜相同

中年的春天

运动与早餐后
在鱼尾纹上涂抹爽肤水
顺便替花草换了清水

淡妆十分钟，呵护心境十五分钟
没有什么安排
却像完成一件大事似的
穿一袭黑裙，端一杯酒红
掀开眼帘下的海
什么也没有发生
却像发生什么似的

耳畔还仿佛听到潮声 ——
孩子，你出生了
从春天回望春天
从春天展望春天

这么春天，血管确实长出枝丫的
我却是要回到寂静里的
回到最初露水托付的草叶上

中年鼓奏曲

这些年

我有一个不自禁的习惯

就是独处时

向虚空喊着：阿妈

阿妈不再应

呼唤的一根弦呜咽十秒

就进入鼓奏的练习

大风更加凛冽

半亩瘦田起伏

中间插曲丰美的怀念

现今实在没有甜果子来摘

惨存的花种埋下余音

有些悠长

什么时候你拥抱着我

什么时候就余音缭绕

接近

天清云开，轻唤一朵云，云游
直到把自己盘成一枚圆月
直到成为最圆最大的空

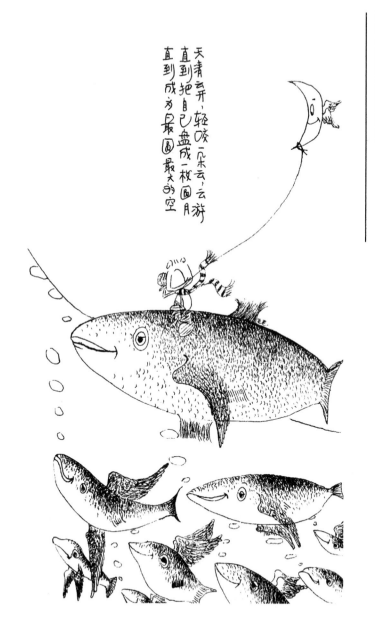

怀抱向空

圆月亮，是不胜欢喜的满
也是最圆的空住在最大的空

圆在空里尽情挥霍
空在圆里用心酝酿

怀抱向空，把孤独喂胖长宽
闪电与惊雷，频频闪现与惊醒 ——
空是一辈子都携带的益生菌

天清云开，轻咬一朵云，云游

直到把自己盘成一枚圆月
直到成为最圆最大的空

画夜色

很长，在梦里马不停蹄
很短，突然倒下
黎明时的泪滴

可能，静水深流，一曲成音
可能，星沉大海，泪水全无

可能，风低雨垂
可能他就在风低雨垂里
以宿醉遮掩

我亦愚笨
很多时候，千古夜色
长得足够掬一把寂寥
短得只够掬一把月华
我还慢悠悠地唱：
掬水月在手，弄花香满衣

把苦水倒给大海

入夜，海温柔地歌唱

她面向海，抽一根根娇子烟

夹在她指间的烟一闪一灭

她说多了，停歇半晌

反问，若是我该如何走

是啊，该如何走

我难以回答

却明白我们相逢于夜黑风高

且自问相同的一句话

年轻时是个美人胚子

年老了要端出啥花样来

她把烟一掐，打破所谓的迷局

请给我一杯开水吧

把苦水倒给大海，漱漱口

孤独的事物

是夜深的时候
那亮如白昼的冷光
那默默卸下的容妆
是风带来细细的雨
是大片的芦花白垂怜
那大片的枯叶荷

是众神栖息的一排大书前
怀抱一团横冲直撞的云
怎么收都收不拢

是画里的王国与画外的王国
画中人用意念骑马
画外人用欲念喂马

是谁，总在岁月里辗转反侧
辗转反侧啊
谁已辗转反侧去了天堂

眉头的雨心头的风

美好的是那记忆的翠微

尽管已老得辨不清

是深绿地横过那夜的销魂

还是淡绿地斜过那午后的感伤

日子里只管放着

你的笑容我的哭歌

等待中忘记了等待

这半辈子吧

甘愿泅在彼此的一滴水里

做了痴情的水鸟

还有我们的窝

依然在梦里睡得芬芳

永远都吻不到的芬芳

不打算叫醒的芬芳

你眉头的雨

我心头的风

终于凝聚成

一篮孤寂一束艳情
终于开得不为人知
却又醉得不省人事
不知岁月

秋日

一夜微凉，半醒的梦长脚
慵懒地迎向恣意的风
风中，鸡鸣鸟叫
采果的黎家姑娘长裙带露一闪而过
我这是在哪里
那一年的山中
赤诚的树立在我的木房子周围
一个个苹果梨压弯了枝头
抚触我的青春
不忍凋零
不忍在字里行间挥霍
只有一个词语，没忍住相思
半裸着白嫩的风韵，半掩着多年后
赶来的风霜

醒在铺满落叶的床上
我读的那一页还在那一页

时光的赠品

当晨曦初现
给你道路
请你跟随智慧打造一对翅膀
飞于千山
或者一方水田

在日落之后
赐你余暇
请你跟随孤独歇到灯下窗前
勇敢地哭吧
或者轻轻地低吟

终于停止飞翔的时候
引领你回忆的手
轻轻抚摸
一篇华岁一章残年
当然，你最美丽的那一次光亮
一定回返过来
一定照你一程

暗示

修眉剪指
沐浴更衣
洗过的发丝轻抚脸颊
夏虫唧唧，清柔鸣响
花一样的时辰
有两种暗示 ——
一种幸福马上黯淡
一种寂寥即入月光

我且就一杯白开水
把今日一口一口喝完
趁清水无痕
趁明日没有出生
我渐入最后一种暗示
以我轻飘飘的影子
替下这副沉重肉身
我歌月徘徊
我舞影零乱

悲壮的夏天

这个夏天来得太突然，又加上
不合时宜的眼泪养着一个多情
木棉花还未开完尾声
红毛丹就红透了序言

代表成人自由化的当属夏日的休闲服
挥洒轰轰烈烈的热并挂念夏雨中的红颜
悲剧在这里未卜先知
泛滥在这挂满长青藤的夏日长廊
我在廊的尽头张望这个夏天出乎意料晕倒
那也好也无悔
我拥住她抚开她长长的发丝才惊觉她很美
我抱住她自她心脉深处啼鸣出的凤凰涅槃

唯一的仅有的这一个夏季
我看见一个男人留着长发牵着一条狗
走过一排排覆以夏日树荫的彩砖道
他是诗人吗
反正焚烧了夏天这本怪异而逼人的诗集
他是导火线

当时无人在场

当时无人在场
太阳惹祸，月亮就怀孕
相爱就是这样不需要众人出场

说来话也不长
小巧玲珑的月亮行走在小巷
非常不凑巧
一路而来的太阳打了个趔趄
情急之下撞了月亮一个满怀
只惊鸿一瞥就带走了月亮的心
从此月亮这条美人鱼甘愿变成哑女
甘愿为她的太阳王子默默付出
千百年来传诵不衰的真情

当时无人在场
也许什么都没有发生
当时无人在场
符合人们欲填补缺憾的心理
很多凡缘通过后代蕙质兰心的想象
幸福就有了翅膀并像模像样生儿育女

钓夜

海口的春夜
像一匹马渐渐慢下来
像你走着走着回过头来
朝我一笑

博鳌玉带滩夏夜，临雨
以温柔清凉的资质
清洗蒙尘的半世
打捞出一颗珠

空间逼仄的秋夜
腹内小鱼荷尔蒙过剩
吐纳空洞而无聊的泡
这样的一块夜色
不可痛饮，当帕擦月
明晨作废

京城的冬夜，像京城
呈现四四方方

我的纸蝶风筝画不出骨骼
向东飘名流水，向西荡曰流逝

夜，陷在身体里
既长出了枝繁花茂的三角梅
也写出无法表述风雪的文字
是时候，彼此换下水土了
我把夜移植花圃，与草木
我把身体种流云，与天空

还来得及

还来得及，趁春风吹拂
我只等月辉轻轻地一洒
我轻轻的一句

还来得及
我甚至无视或者忽略
男诗人的胡子在白日止不住疯长
女诗人我转来转去转不出菜市场

终于夜来了
我写文字去
一定要留下点什么
一定……睡着
我很快睡着了

睡着了，在长长的梦里
我依然在说 ——
还来得及
还来得及

纪念一次预谋出行

相亲相爱是要预谋的
比如 5 月 18 日即"我要发"
不仅挑这天出行广州
而且特意乘过海火车
除了听火车"况且、况且"的声音
还特享身体与身体默然无声的胶着

走出火车站，进入地铁口
他抱着儿子，频频叮嘱
牵着他的衣角
随时需要他保护的我

地铁出口旁。天一酒店
天一，有意的倒置仿佛约定
我们待一天广州
有一个现实中倒过来的童话

如此，在茶馆，在越秀公园
在北京路，在珠江桥

潜入童话的入口时伏得更低
风儿轻轻地吹

等到夜色咬进云层
一弯月亮炫出来
相公他安顿了儿子，轻握我肩
在骨血写就热烈的分行里
抱住一刻雨滴
"娘子，我们安吧"

键盘与手指的对话

虚构一个词句
伪造一个意境
谁就能代替你的梦输入未来
你尽管敲打吧
你十指飞起来的样子多么夸张

我从来没闻过雪的纯白香味
我从来没触过海的惊涛骇浪
你是我的好男人
把我仅存的思想键入你
我的夫君我的郎

好文章，我们还未出生的儿
儿在等什么呢
等父母琴瑟和谐啊
迸出这句我俩瞬间心花怒放

郊游

像是漫无目的却又是有目的
奔跑在漫山遍野徜徉在夕阳画的漫画里
好吧，就算你夕阳夸大的画吧
就算你想将大自然一笔带走
想漫无边际的霞光该涂抹在哪里
我且跟森林握手帮小草起个别名
及烤熟的鸡翅简直叫你夕阳
讽刺面包养爱情的主题没有什么意义
所以很难说我会爱上空空的城景
很难说我会爱上道貌岸然的君子

我爱，渡过河对岸去
采一丛不知名的似芦苇花一样的白
这片秋野太浓唯恐他落下把柄
使芦苇花一样的白蒙受不白之冤

我爱，想不到河里还有鱼
谁人不知现在的鱼都已非常世故
被喂得肥大后仍不甘心死去

清水有鱼证明我们孕育的爱河没人光顾

我爱，我们是一对孤芳自赏的翅膀
我们的飞翔没有明确的地址
荒凉的郊野，我们也不敢停留
更别说在暮色里烧一堆篝火任天地合唱
不只是心存顾虑不只是缺少激情
还有夕阳画的那幅漫画
黑夜漫过后就是渐行渐远的情殇

潜伏

月亮陷落晚霞的时候
我也凹陷软沙发
制造昏暗的沙，沙飞石走

次日，太阳生病，电闪雷鸣
云朵耍脾气，大雨如注
儿子还想约他的晴天丽日去钓鱼

一夜一天后
我潜伏了几寸？谁知道
儿子已约了他的晴天丽日去钓鱼

青春摸黑归来

十指黑的风雨夜，青春要归来
不胫而走的消息，像鸟儿哪腾哪叫
胆怯的心啊
在镜前学习微笑，怀一片旧云
按住这嘤嘤的鸟鸣

十指黑的风雨夜，青春要归来
不胫而走的消息，像鸟儿哪腾哪叫
她买了衣裙，他剃了胡须
更有人乘坐航班飞回来
青春不就是这般雀跃莫名吗
一意的风扬起一念的帆

当汇聚的车辆驶离城市中心
更大的风雨在狂欢
却追不上欢跑的轮子
她低低的眉梢，他温和的眼神
醉光中，有人看到白衣飘飘
青春已摸黑归来

我们看到的母校

一条昌化江流经的福地

翻手苍凉，覆手繁华

唯有将青春的档案解密流传

原来，青春给了你

你就永远记得了我

清空

最笨的女人
把爱的幼苗拔高，拔苗助长
最终，荒草丛生
举头，低头
明月从来不理会

兜兜转转
一瓶十四度的红酒喝下
骨骼发出细细的声响
稳住，清空吧
包括拆得七零八落的句子
涂得冷艳媚俗的章节
以及脱得一丝不挂的肉身
把纠缠肉身的一个场景
一个事件一包风干的玫瑰
——丢弃

众音靡靡，连羞愧满面都省了
沉静的夜空，月耕云种

眉峰下，那眼睫毛包围的海

在黎明微颤

水，开始泛蓝

试剥一个叫人性的洋葱

打着情义的名号
出售廉价的桥段

不愿消弥的柔情
在黯淡的时日里纠结丛生

含着热泪
嗫嚅着，缠绵着，消了怨言

狠狠地打入楔子
一端接头剂抒情汤
一端连尾剂药水渣

收获

灵感是一剂灵丹妙药

妙手回春医好弱智的语言

像一面镜子，明亮

亮出水到渠成的意象

像一个处子，纯静

静入瓜熟蒂落的意境

下一步就是从从容容去找梦玩

缠闯荡归来的梦拟定文章路径

多嘴的文人墨客憋不住话

一个人等的人来了

一个人等的船开了

勇敢的鸟儿翱翔太阳之上

这颗太阳注定是天空善良的眼睛

那个后羿射落的九颗本无所谓有

一个人的心微启

一个人的运启程

逃生

癸卯年夏季忽坠冰窟
为何有冰窟，已经不必追究
我需要一根绳，向上逃生
男人是解救自己的一根绳吗
若非男人，我可能被活活冻死

可是再也找不回我的男人
解救我的绳，宛在尼姑庵
庵主的一句话着实惊艳：
你命中带水，逃生去吧

是啊，水，我听到水流声
我感觉水一直流在今生来世
水声未歇，阳春就未歇

我默默地伸伸手，弯弯腰

前阵子，我给她发过微信
显示成功，却无回复
这一天，我偶然得知
她患了绝症，前阵子走了

她是我近千名的微信朋友圈中
一个普通微友
她还年轻，怎么就走了

年轻人的死亡成为一个暂停键
立马提醒活着的人要去做什么
要在当下先做什么
我默默地喝口水
默默地播放医疗保健操
默默地伸伸手，弯弯腰

幸福的味道

你说偶尔晃过荒诞的念头 ——
不想活时就学蛇一样冬眠
醒来时是一个明媚的春天

我说你真是幸福得装模作样啊
装模作样让我看出你的幸福啊

我哪幸福啦
这一问不打紧
一问声音里明摆着全是幸福的调

我苦恼死啦
苦恼也是幸福的邻居啊，我答

一切静下来
地球上的幸福还真没翘上天去

一只羊说

一只羊默默地啃草
又东张西望的眼神
表明她蒙尘的胆怯与卑微

然而她仍习惯微笑与赞美
时刻记着寻找菜蔬与食粮
漏掉的好事忽略不计
命中的坏局涕泪涌上

现在，选择喜欢的姿势
坐在一条无声的河流上
说一条河在无声地流着
说沉闷，不快不慢
说沉静，且歌且慢

主要说安于伤口旁的羊毛
主要梳理遮掩伤口的羊毛

又遇见花开的一天

又度过快乐的一天
孩子临睡前说
温良的孩子，妈妈继续
把雪吃了，含着冰凉
努力呵出
灯火通明的温暖

谢天谢地
也只有孩子明媚的声音
是一根线索
贯穿始终。沿着线索
又遇见花开的一天

遇见

—— 致李叔同

花，一片一片地落
缓慢有定
来到了泥土
而云
一烛烟，沧海桑田
津门宅，风无言
一枚赌币抛悬半空：
一面远离，一面孤守
黑夜路上
有人没心没肺，指着星星
一眨一眨亮晶晶
有人哀哀而鸣，老死孤岛
有人百毒不侵，已集毒一身
津门夜，箫失声
黄粱梦里
请赐失忆，从此踪失

致今日

日子是怎样悄然无声啊
深入陋室，无法立铭
至今为止，没有一首诗
愿意倾听我的宿命
我万里江山的文本砸中的是
一袋用旧的甜言蜜语

日已西斜，酒气满怀
一只蚂蚁停下来嗅了嗅
一堆落叶也向我暗示
我如何能与小蚂蚁一起
善待落叶腐朽的气息

怀抱内，有一滴泪深藏
不用怀刀刺向自己
虚度这位英雄，跃马
一心拽公主入怀飞奔
一意隐忍肩背中箭之痛

半是月眠，半是鸟啼

满世界打个照面，认出彼此 ——

粘着鸟的翅翼

一翼指向虚荣，一翼徒有虚荣

致相爱

天太热，读段小说细节：
麦秸垛洁柔，芦花掏个洞钻进去
她的情人幸福得心急
也钻进去……

心事在北，脉脉
身体在南，挥汗如泪
又被日子蒸发掉
最痛苦的煎熬来了

没有一个理由可以留下花朵
活下来的藤蔓却不肯枯萎
在盛夏，在南方
藤蔓坚持地唤：水、水、水
一个和自己作战多年的人
追寻雨水

雨要来的，雨与南方人的交情
就像芦花的情人，他爱北方
温柔的麦秸垛

座右铭

我潜在海底
随时准备着伤人与被伤
我是个不祥之物
那些发现的新大陆
是我今世的遗恨
那些，随海空暗下来的灰粒
也许就是我聚不拢的墓碑
墓碑上无法题字
而关于我的爱人与孩子。请
请把他们埋在泥土
栽在人世间

老女人

独自对着妖媚的镜子，干杯
春风沉醉，看晚场电影归
爬七层楼梯
两个人的肩膀磕磕碰碰
又没磕碰的深夜去哪了呢
去哪了呢

独自对着妖媚的镜子，干杯
彩妆何时已脱落，素面是死
临死，幻觉三部曲
天生丽质一曲
才思洋溢一曲
柔美情爱一曲

独自对着妖媚的镜子，干杯
雨水纠结着暗夜
正好掩盖难以启齿的念想
有多少念想，有多少难以启齿
一个时辰后，雨水渐渐回缓
夜色慢慢消逝

少女人

原来怀揣小资携带浪漫
交给绿蔬鱼鲜调出优雅的胃
主妇我，就成了少女人

原来一双儿女侍弄我头发
两绺梳起，一绺放下
手法轻柔，呼吸安静
妈妈我，就成了少女人

原来看着《妈妈咪呀》
喝着意大利巴贝拉红酒呀
唱着妈妈咪呀，妈妈咪呀
老娘我，就成了少女人

原来拿起心爱的牛角梳子
一次又一次地梳头
戴上五环银镯来一场
销魂的肌肤摩挲
穿上蓝裙，欣欣然蓝到天上

女神我，就成了少女人

原来叫我一声丫头
那一点点的不确定
就伴着红酒一点点消融
一对小童隔着床眼神迷离
爱人我，就成了少女人

原来娘亲在世时培植的竹
每一枝都来到我妆前
亲吻我白发
每一枝都在说：娘来看你
放弃写坏的诗，烧一桌好菜
女儿我，就成了少女人

原来有一个好素材
借助大雨滂沱的夜
糅杂扑朔迷离
捕捉不期而至的深喉之语
作家我，就成了少女人

原来需要漫长无际的煎熬

才能撞进一道山涧

有三千斤的白云情深在眉

有五百亩的花田蜜意在睫

旅人我，就成了少女人

原来薄云海阔构成重要布局

而后，海浪熬沙白

借只云鸥驮进空茫

归人我，就成了少女人

原来秋天忘记

果实奉献的殷勤爱意

仿佛在娘胎未曾见光度世

独语"地狱就是天堂"

主人我，就成了少女人

原来，中年的青春刚踏上路途

她有资格被尊称为

少 —— 女 —— 人

谁成全了我的自恋（代跋）

晓云、晓云……听到这个名字，像是在叫我，又像是在叫另外一个人；仿佛有两个我的存在：一个我名晓云，一个我晓云般地飘。

恍惚中，就从我的名字说起吧。

为什么我会平白无故去关注一个只是父母拿来当称呼的名字？而且清楚记得初中二年级的时候，就无可救药地恋上了这个名字，写出了《晓云》——

早晨
晓云轻舒漫卷地飘来
怀着无尽的柔情和蜜意
除了倾慕和喜欢
一切爱都该鄙视
不是绿水清波诗情画意中的秋水
纯真酿造不了纯洁

大地
使思想和个性有了光泽
晓云甩掉了大山的诱惑
轻悠悠地飘走了
纯真的追觅散于天蓝的碧空
烈日的灼痛尴尬了脸颊

不是日记里柔柔淡淡洋洋洒洒的琼瑶
失落获得了成熟

真好
踏着昨日的云韵和今日的云流
晓云融进了惬意的斜阳
欲望犹如火山爆发前的激情
理智战胜了感情

坚信
披上梦幕的缠绵月夜
偎倚着宁静强有力的天空港湾
揭掉朦胧的海市蜃楼的晨纱
晓云泛起轻柔的笑
终飘上朝阳肩胛

尽管回忆与行事超级恍惚，可我仍很清晰地记得，《晓云》登在1988年的乐东县中学《山地》文学报后就引起了不小的轰动，其中题名诗潮就是一举：

有一位叫赵忠的男生，他把我的名字独具匠心地隐含在一首词里：几度朝夕怅落日，情缠绕梦总无丝；问天何以降苦雨，无意飘逸你未知；长相枫叶恋春梦，朦胧愁绪你为诗。常怀忧郁主题厚，最是缱绻两依。

赵忠，文学社的骨干之一。在我的记忆里，他其貌不扬，但心细如丝，其钢笔书法与毛笔书法写得遒劲漂亮。当年他与另一名骨干姚海青同学，是一对好朋友，他俩寄宿在文学社指导老师邢孔史那，直接地为《山地》做了些事情。今天，只记得有一回，初中的我与高中的赵忠、姚海青骑着破自行车去乐东县印刷厂校样一事儿。

有一位叫邓世东的校外年轻教师，他把我的名字嵌在对仗里：晓籁无弦，频送九天神曲；云彩有翅，遍游万里苍穹。

邓世东，笔名白然，当年是昌江县一名教师，文学青年。他的热情支持与帮助点燃了《山地》的激情，也鼓舞了我。像这样的联谊兄弟，《山地》当年就建立了不少。单是与我书信联系的就有海南华侨中学热土文学社指导老师魏天无、黄流中学朝华文学社社长天涯星、琼山中学文学社社长林尤超、三亚一中文学社社长罗丕智、儋州那大二中书画文学社社长羊佳佳。

有一位男孩，我至今不知他是谁，也看不清他长相，在校园匆匆擦肩而过时，塞张字条给我：隐情晓，云濒张。这句话是啥意？当时的我只知道，它比情书更圣洁，让人感动与珍惜。而随着《山地》知名度的提高，在我身边，慢慢形成了塞稿件与递纸条的文字氛围，我成了邮筒。

有一位叫袁燕的伙伴，送我一言：你是一个好女孩，一个十分温情十分重感情的好女孩，你有着丰富的内心世界，正因为这样，你才能写出属于自己名字的诗。你造就美化了你的诗，或者说你的诗影响美化了你。

袁燕，一个轻灵秀气的女孩子。她虽然不愿意加入《山地》社，但她与我有书面上的文字交流，我们共同写满了两本硬厚皮抄。她信手拈来的才情在字里行间显露无遗，很让我欣赏。现在想来，这种有别于人的交流现象，其实和今天的微信文字聊天是一个样的。

有一位陈秋水同学，也效仿写了《秋水》一诗。

陈秋水，一个小美女，红扑扑的脸蛋，羞答答的玫瑰，在校园里成了众男生暗恋明恋的对象。2000 份《山地》报印出来，要在晚修时分负责发放到全年级学生手里。我和秋水，每回走到高年级的教室时，引来的哗叫声、口哨声便不绝如潮。这当中有人在不停地叫着"秋水、秋水"，并作势着要拦截冲撞，有点像遇见了劫匪般。接下来的几天里，校园里会看到有人传阅《山地》，耳边会听到关于《山地》某篇文章的评论。

有一位陈雅文同学，他是我初二时的同桌，清高而忧郁。我们之间虽然从来不开口说话，但常常默契地交换各自写出的作文来看。偶然地，我在抽屉里看到一张揉皱的纸团，打开来，竟然是雅文的手迹，是一首迎合《晓云》而作出的《云儿飘飘》一诗。他会写诗？当时的我，有些心跳，这不是传说中一唱一和的心意款曲吗？后来《云儿飘飘》发到了《山地》上，雅文也成了《山地》的一员。

这样，在与雅文同桌的小半年里，我也与他在一本厚皮本上风花雪月地赋诗填词。如果说这是谈恋爱，那也是校园恋爱中特别模糊的一例。因为在踏出社会十多年后，我都不知道陈雅文说话的声音是怎样的，更别谈手拉手了。

晓云一不小心出名了。用今天的话来说，晓云成了明星学生。这样，喜欢《山地》的我喜欢上了诗词美文的同时，也喜欢上了我轻飘飘的名字。

《山地》成全了我的自恋，有意无意地，我也就自恋起这种云之人生。

比如，当年我的闺房里挂着一面圆镜子，镜子上方贴着：当心，镜里只有你（这句警醒性的话是《山地》社秘书长、后来命中注定成为我夫君的黄赟所言）。每当镜里只有我，房里只有我时，我就拿出姐姐那条最漂亮的红衣白裙穿上翘首弄姿起来，并沉迷于"幻境"飘飘然，不可自拔。我现在不知道，这种"幻境"的飘然若云是不是一直跟着我，在我对现实失望忧烦的时候它就跳出来作祟？导致我更加向往那种天地只有我、逍遥若仙的人生梦。

比如，身为中学生，我的夜晚却是这样度过的：把那盏小台灯调低至橘黄色的亮度，像谁谁笔下说的"一盏小橘灯"般，然后放下蚊帐（一定要放下蚊帐，否则就没有形成个人空间），紧跟着娇小玲珑的我如一个小精灵般躲进帐里。躲在里面做什么呢？什么也不做，厌学情绪已经压得我越来越怪异了，我就是欢喜在床上待着，沉溺在一种自我的安宁与依恋当中。末了，随手拿笔在纸片上完成一些文字是附带的事情。初中三年，几乎每个夜晚，写了无数张小纸片，幻想了无数个梦，是典型的侍梦丧志。写诗，竟然是侍梦丧志中带出来的副产品。

副产品《晓云》一诗公报后，我当上了《山地》的社长。一个毛女孩子，是怎么爬上这个位置的呢？今天，我很容易得出答案：如果语文老师黎应东没有把我的习作推荐给《山地》，如果第一任社长陈运武没有来到教室试探我是不是抄袭，而后在文章里力挺我，如果第二任社长陈钦没有退出并提名推荐我，如果我的诗没有受到《山地》指导老师邢孔史与郑文史的默许，如果邢老与郑老没有来到教室请我当社长，如果邢老与郑老以及《山地》顾问、学校副校长高秋华没有为我免费进入高中做一番努力，如果我的身边没有姚海青、黄赟、赵忠、欧颖、官丹心、李孟伦、陈秋水、林智美这些当年的激情男生女生，如果没有校外的白然、魏天无老师与陌生的读者给我发来激励与仰慕的信件……如果没有这总总，晓云又是何样的晓云？

何样的晓云都不比这个晓云这般飘忽不定这般让人怜惜。整个中学时代，我根本是在一个梦幻的天地中度过的。

上高中后，我就无心读书了。《山地》也是这个时候在整个乐东县、全省甚至全国轰动了起来，成为中南六省优秀文学社社团之一。我们收到了大量省内省外的来信来稿，单是寄给我的信件，平均每天就达八九封。天知道，一个县中学的校文学报居然让人有家喻户晓的感觉。我也继续在夜里，在蚊帐里，看一本又一本小说，写一封又一封看起来蛮像情书而其实是天马行空的回信寄出去。

有时借着上晚自修课的时间，我还与当时走得最近的一名《山地》社员跑到县城上混，混什么呢？想来温馨，说来好笑——这名女生，她虽然早恋，但为人热情正义，文字功底好，学业成绩中等。我跟在她的屁股后寻找她喜欢的一名男生。我看着她与那男生和衣且规矩地躺在一张床上，虽觉得不好意思但又表现得司空见惯。当年那么纯情的我怎么在那场面上装得那样坦然？只能说我是一个多么善解人意的女孩儿：我不想因为我的大惊小怪而让别人难堪。还有少年时期的我，不知是受小说熏陶还是受自己名字的影响，在文静的外表下有着特别喜浪荡与近乎玩世不恭的心态，我自己浪荡不起来，看着身边人浪荡感觉自己就是其中的一分子，莫名满足。

高一那年，我喜欢的女作家三毛自杀了。我大量地阅读有关三毛的书，想办法买三毛的书。三毛说过她自己：一生都背负着生命感伤的人，这种人是我。生下来，不管是得意或失意，都背负着一种悲剧感，我就是这样的人。就是这句话给了我很深的影响，我认为我叫云，我有云的心气，心气不都照应一个人一生的命运吗？我痴痴地问上帝：云是一片片纯洁的吗？云是轻轻地来悄悄地走的吗？云永远都是飘在空中没有根的吗？云落下来成了雨，有没有需要她的人？我傻傻地想：可能云之飘飘的命运会在我身上发生？难道我想要云之飘飘的命运在我身上发生？

幸运的是，同时期，我也喜欢上了席慕蓉这位热爱生活的女诗人。她用细细的笔触淡淡的忧伤告诉我，一个小女子所该有的性情。因此，我同时也是不颓废的云，我努力写作，整个中学时代我太努力写作了。除了写作，我不知道还有什么能够让我找到一丁点信心。

有时，我也痛恨自己，痛恨这个名字携着我的心气，我的心气又影响着我。我发誓再也不管脑海里那些杂七杂八老是放不下的文字纠缠了，再也不要萌发哪怕是一点点写作的念头了（不！当年我的脑海里真的还不懂我是要"写作"，我只是觉得再也不能让那些来无影去无踪的意念与想法化成句子），要掐灭它们！否则我还要涂鸦，还要走神，然后我就会顾不上我的数学英语化学物理了。我不要晓云般飘了，我要发奋，我要真正去学一些书本知识。在高三最后一年，我学着别人说，一定要放下，放下，放下我晓云般的轻飘恍惚；放下，放下，放下我晓云般的自恋轻狂。

我像模像样地控制了一段时间。但是，随着高考越来越近，我的心情越来越恐慌。为什么恐慌？恐慌了怎么办？寻求情感的慰藉呗。情感在哪？在侍梦丧志的文字里，在文字的丧志侍梦中。

最后，当大家都在为高考做准备冲刺的时候，我还在自己孤独而恐慌的世界里游荡。高中三年，孤独和恐慌是伴着我的两位好朋友。所幸，我身边有一帮朋友，如王成哥、蔡庆凯、潘莉妹仔、蔡丽玲、阿强姐、卓德钊、林永剑、李晓英。他们是站在我中学里最后时刻的人，也是最爱读《山地》的人，是典型的爱屋及乌。

最后，我只能说，我微笑地流泪过，我还在流泪，甚至喜欢泪如雨下，谁叫我今生今世都叫晓云？

这样的我，在老师、父母眼里是如何的呢？

我只能说：感谢《山地》，是它，在我相当自卑的少女时代，撑起了一方骄傲的天空。在所有科目里，除了语文，特别是作文的拿分，我一定要争取在全班有个名次外，其他科目再差，我也无所谓。我总记得数学老师林光辉看见我在试卷上涂诗时，就只会慈祥地笑。后来数学会考时，有一位至今仍不知他是谁的男生偷偷塞给我纸团，我竟闯过关了。林老师在班上发言："这次会考全班都过了，奇怪的是，张晓云也过了。"还有喜欢诗歌的化学老师陈泰琼，更是干脆在课堂之余，特地找我吟诗或交流写诗的心得体会。

整个中学时代，我误入歧途了吗？我不知道。我虽然不喜欢读书，但我却是文学社的社长。这样的角色看似不合理却又是合理的。我开明的爸爸甚至认为：受文字的滋养，一个女孩子家是不会坏到哪里去的，因为她有自己的思想。我稚嫩的思想是：不轻易谈恋爱，摒弃世俗的生活，写纯情自由的诗歌。

高中三年，我一边侍梦丧志，一边发挥自己的写诗悟文才情。这样说吧：如果我不写诗，我就觉得侍梦丧志的日子是很难过下去的。如果我不侍梦丧志，我也不会写诗吧？这样的心怀一直延续到今天都没办法消灭掉。

为梦为情累弯了腰，可以说是我走过来的写照。总是背负着情感命运的人，心怎么会不云般轻飘呢？说来也怪，我至今也没问过爸爸，为什么在三四个女儿中，偏给我取名晓云。我相信朴实的爸爸当然是没有什么更深用意的。谁能料到呢，是这个名字影响了我的心气？或者说我的心气点染了我的名字？世上有一语成谶之说，因名成谶倒不是不可信？

总之，感觉这个名字有些玄，感觉自己走过来的路与这名字的寓意不谋而合，是我刻意要与这个名字的寓意牵连？

我喜欢这个名字，我喜欢如名字一样的人生？反过来，如果我不是叫这个名字，我可能走的又是另一条路？

另一条路也不比这一条路更注定。所谓注定就是老天来定的，又刚好，云朵的天性也是顺着老天。好在，我在这个名字的若干个积极与消极的寓意中，找到一个我自恋的方向与生存方式。不可否认，我所自恋的方向与生存方式，在那些年月，乐东中学《山地》文学报已经最先诗意地赋予了我，一直影响着我到今天。

到今天，已经沧桑满面。整理这本诗集，有用的回收，没用的处理，如此才算是成全了这个自恋；翻开这本诗集，就着它蒙尘的灰，含泪诵读当下，如此才算是不负了这个自恋。

张晓云
初稿于 2008 年 10 月
定稿于 2023 年 08 月